✴ O GRANDE DEUS ✴

✶ ARTHUR MACHEN ✶

Tradução para a língua portuguesa
© Andrio J. R. dos Santos, 2023

Diretor Editorial
Christiano Menezes

Diretor Comercial
Chico de Assis

Diretor de Novos Negócios
Marcel Souto Maior

Diretor de MKT e Operações
Mike Ribera

Diretora de Estratégia Editorial
Raquel Moritz

Gerente Comercial
Fernando Madeira

Gerente de Marca
Arthur Moraes

Gerente Editorial
Marcia Heloisa

Consultor Editorial
Enéias Tavares

Capa e Proj. Gráfico
Retina 78

Coordenador de Arte
Eldon Oliveira

Coordenador de Diagramação
Sergio Chaves

Preparação
Débora Grenzel
Francylene Silva

Revisão
Retina Conteúdo

Finalização
Roberto Geronimo
Sandro Tagliamento

Impressão e Acabamento
Ipsis Gráfica

DADOS INTERNACIONAIS DE CATALOGAÇÃO NA PUBLICAÇÃO (CIP)
Jéssica de Oliveira Molinari - CRB-8/9852

Machen, Arthur, 1863-1947
 O grande deus Pã / Arthur Machen ; tradução de Andrio Santos.
 —Rio de Janeiro : DarkSide Books, 2024.
 192 p.

 ISBN: 978-65-5598-349-4
 Título original: The Great God Pan

 1. Ficção inglesa 2. Ficção gótica
 I. Título II. Santos, Andrio

24-0185   CDD 823

 Índice para catálogo sistemático:
  1. Ficção inglesa

[2024]
Todos os direitos desta edição reservados à
DarkSide® Entretenimento LTDA.
Rua General Roca, 935/504 — Tijuca
20521-071 — Rio de Janeiro — RJ — Brasil
www.darksidebooks.com

«– ARTHUR H MACHEN –»

Organização e Paratextos: Enéas Tavares
Tradução: Andrio J. R. dos Santos

DARKSIDE

PÃ

Arthur Machen

SUMÁRIO

Sociedade Secreta.11
Introdução.15
O Grande Deus Pã.23
Posfácio.105
Uma Iconografia de Dança & Desejo.135
Pã, por HP Lovecraft.183
Arthur Machen.185

APRESENTAÇÃO

SOCIEDADE SECRETA

No curso das eras, Sociedades Secretas eram agremiações místicas, grupos de estudiosos arcanos, reuniões de autores e humanistas, aglomerações de pessoas que almejavam melhorias sociais, espirituais ou pessoais. Os rituais desses grupos envolviam encontros regulares, celebrações sazonais e registros de seus sistemas de fé e magia.

Reais ou ficcionais — indo dos maçons, dos rosa-cruzes e da Ordem Hermética da Golden Dawn até a onírica Sociedade da Torre do *Wilhelm Meister* de Goethe ou a mítica Sociedade do Anel de Tolkien — sociedades secretas têm inspirado a imaginação humana em sua busca por comunhão, compreensão e autodesenvolvimento.

Individualmente, queremos pertencer a comunidades, sejam elas autênticas ou simbólicas, integrando grupos que tenham na troca de experiências e no aprendizado mútuo sua bússola. Ademais, esses espaços de troca, conhecimento e reconhecimento, servem de estímulo às nossas sensibilidades, dando-nos as ferramentas simbólicas e os sistemas de arte ou magia necessários para enfrentar as intempéries de nossas vidas.

Essa é a compreensão que permeia a iniciativa Sociedade Secreta na DarkSide Books, uma casa que há mais de dez anos tem reunido leitores ao redor do fogo editorial para celebrar histórias de fantasia, horror e ficção científica e contos de crime e magia. Falamos de um projeto que nasce para resgatar narrativas que formam o nosso imaginário literário e místico, encontrando no misterioso e no enigmático sua gema filosofal.

Mas diferentes de grupos secretos do passado, fechados e pouco inclusivos, nossa Sociedade Secreta é aberta e coletiva, ofertando aos leitores uma jornada literária e lúdica por universos ficcionais que constituem a matriz da nossa cultura, seja ela pop ou clássica, antiga ou atual, textual ou pictórica, sonora ou fílmica, individual ou coletiva.

Para avançarmos em tal jornada mística e artística, que teve início com *O Rei de Amarelo*, de Robert W. Chambers, em duas versões – em livro e em quadrinhos –, acolhemos agora em nossa companhia *O Grande Deus Pã*, de Arthur Machen, obra contemporânea da anterior, mas que leva o medo, a ansiedade e o delírio a outras dimensões de significados, agora voltados às profundezas da terra e do mito.

Onde a lenda de Carcosa era luzidia e ígnea – envolvendo um livro maldito que levava seus leitores à loucura – Machen nos conduz para as entranhas da natureza inquietante, reforçando o verde das árvores e dos bosques e o escuro da terra e das folhas outonais, a fim de nos fazer refletir sobre o deus que desde eras antigas inspira, fascina e desespera. Em *O Grande Deus Pã*, que chega a DarkSide Books numa edição mais que especial, Machen funde desejo e desespero, revelação e cegueira, magia e realidade, mesclando o idealizado da cultura com o ctônico dos subterrâneos naturais.

Além de nova tradução que recupera a primeira edição da obra, preparamos aos leitores dois paratextos exclusivos. Primeiro, um estudo crítico sobre a história do mito de Pã do passado ao presente, mapeando sua presença em poemas, livros, lendas, peças e filmes, num percurso panorâmico que nos faz compreender em profundidade a realização de Machen e sua posição em uma milenar linha do tempo dedicada à Pã e seus rituais naturais e sociais. Em segundo lugar, uma iconografia comentada de pinturas, ilustrações e representações do imortal deus dos bosques, numa visão que demonstrará que, diferente do que foi cantado e aventado no transcurso dos séculos, Pã está bem vivo.

Deste modo, mais uma vez, convidamos vocês, caros leitores, a integrarem nossa própria camarilha de livros e histórias, numa experiência que funde ritual e diálogo, passado e presente, revelações de ontem e (re)visões de hoje. Em nossa Sociedade Secreta, nada é escondido, proibido ou delimitado. Ao contrário, nosso objetivo é nos aproximarmos dos segredos da criação, buscando a própria origem de manifestações artísticas que se tornam clássicas. Em mais esse lançamento, seguimos juntos numa viagem em busca dos marcos fundamentais desse universo sombrio e mágico, híbrido de realidade e ficção, o próprio lugar onde mora e viceja a arte.

Quanto ao ritual iniciático necessário para integrar nossa Sociedade Secreta, basta descansar o corpo, virar a página, abrir a mente e aproveitar o fascinante percurso pelos saberes místicos & terríficos disponíveis nas poções ficcionais que sorvemos em busca de inspiração e encantamento.

Os Editores

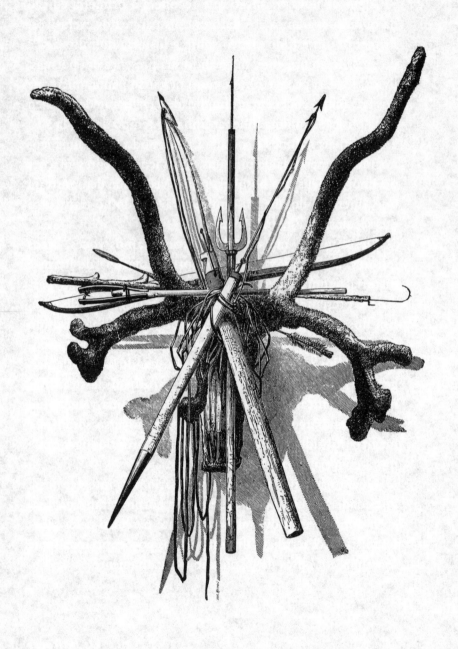

Introdução

O GRANDE DEUS PÃ:
MEDOS, MONSTROS & MÁSCARAS

Um livro sobre os limites da ciência em perscrutar os enigmas da natureza. Uma história sobre a incapacidade lógica masculina diante dos mistérios da mente e da natureza feminina. Uma ode ao abismo existente entre nossas pétreas muralhas citadinas e os verdejantes bosques que as rodeiam. Em suma, um estudo ficcional de horror e mistério sobre nossos deuses modernos e tecnológicos em embate com uma divindade milenar que compreende tudo o que já existiu e tudo que ainda insiste em viver.

Em termos panorâmicos, *O Grande Deus Pã*, de Arthur Machen (1863-1947), é um livro mais do que apropriado a momentos de pânico, sobretudo após a pandemia de Covid-19 e ante o panteão de fobias e crises que nos afetam — num verdadeiro pandemônio que vai do político ao sanitário, do espiritual ao pessoal.

Como os leitores atentos devem ter notado, a frase anterior utiliza cinco palavras que utilizam o radical grego Πάν (pan), um radical que significa "todo" ou "inteiro". Dele resultam outros termos comuns ao

nosso vocabulário moderno, como "panteísmo", "panóplia", "pan-americano" e "panegírico", para citar apenas alguns exemplos.

Os gregos, porém, não apenas nos legaram uma palavra múltipla e abrangente, que serve para uma grande variedade de sentidos, como nos deram um conceito, corporificado em um ser divino e bestial, belo e assustador, um monstro tanto lúdico e festivo quanto caótico e bagunceiro. Tudo isso e mais compunham a cosmogonia antiga, que no caso dos gregos tinha em Pã um antecessor de Dionísio — não apenas o deus grego do vinho, como também o conceito que filósofos como Friedrich Nietzsche (1844-1900) traduziriam à contemporaneidade enquanto princípio natural e estético.

A história dessa obra tem início ainda na infância de Machen, quando o menino visitou o rio galês Usk e as cidades de Caerleon e Caerwent, lugares do País de Gales nos quais a colonização romana ainda é perceptível em escombros, ruínas e antigos espaços sagrados. Foi nesses lugares de eco e presença do passado que Machen conheceu os antigos templos de Nodens, Deus das Profundezas. Tal experiência fertilizou sua imaginação de escritor e suas futuras buscas tanto históricas quanto místicas, plantando em sua mente infantil a ideia de uma natureza tanto sagrada quanto aterrorizante.

Em 1890, quando tinha menos de trinta anos, Machen publicaria na revista *The Whirlwind* um conto que se tornaria o primeiro capítulo de *O Grande Deus Pã*, "O Experimento". Nele, conhecemos dr. Raymond, um cientista que está prestes a realizar um experimento controverso e perturbador na companhia do rico e influente sr. Clarke, um homem obcecado por desvendar os mistérios do universo e do sobrenatural. O plano de Raymond é realizar uma cirurgia cerebral em uma jovem a fim de que ela ultrapasse o véu da realidade e contate o sobrenatural. O trágico fim desse experimento tem a ver com visão, loucura e com a revelação do deus anunciado no título.

No mesmo ano, em número seguinte de *Whirlwind*, Machen assinaria outro conto, intitulado "The City of Ressurrections", a princípio não relacionado ao anterior. A essas duas primeiras histórias, que Machen agora via como integrantes de uma narrativa maior, ele adicionaria no ano seguinte outros enredos, traçando redes enigmáticas de conexão entre suas tramas e ampliando o que seriam dois contos isolados em uma novela longa que reuniria diferentes perspectivas, todas elas envolvendo uma figura grotesca e arcana. Essa é a novela que seria publicada em 1894 e que agora você tem em mãos.

A versão em livro compreende a descoberta de que o experimento do dr. Raymond não foi um ato isolado, e que outras pessoas também foram afetadas por invocações da mesma entidade sobrenatural. Entre eles, a misteriosa Helen Vaughan, uma dama cuja origem e natureza são obscuras, reunindo ao redor de si outros crimes e mistérios. Por flashbacks e testemunhos, numa narrativa fragmentada que o leitor vai desvendando página a página, descobrimos os segredos que unem Helen e Pã.

Outro personagem importante na trama de Machen é o sr. Clark, um homem retratado como um estudioso sensível e dotado de uma profunda apreciação pelos segredos da natureza e por seus intricados mistérios. Clark dedica-se a um sugestivo projeto pessoal intitulado "*Memórias que Visam Atestar a Existência do Diabo*", numa busca pela verdade que o levará a uma jornada descendente até as profundezas dos segredos do grande deus.

Os segredos de Raymond, as investigações de Clark e os enigmas de Vaughan integram as tramas interconectadas de *O Grande Deus Pã*, em histórias que exploram os efeitos perturbadores da presença do além na existência cotidiana. Em sua história, Machen explora temas como terror, medo e decadência, alquebrando as barreiras entre o mundo natural e o sobrenatural e revelando o impacto devastador dos mistérios naturais em um ambiente urbano falsamente seguro. Neste caso, uma Londres na qual cultura, sedução e morte permeiam ambientes e grupos sociais tanto civilizados quanto caóticos.

O livro saiu pela Bodley Head, editora de John Lane que também publicava na época a revista decadentista *The Yellow Book* e livros como *The Dancing Faun*, de Florence Farr (1860-1917), uma narrativa irmã da de Machen. Nos anos seguintes, Machen e Farr integrariam a sociedade secreta Golden Dawn — Ordem Hermética da Aurora Dourada. A obra dos dois também receberia ilustrações de Aubrey Beardsley (1872-1898), artista fundador da *Yellow Book* e comumente associado aos "anos amarelos" de 1890. Assim, o cenário, o público e o mundo estavam prontos para uma obra como a de Machen, um livro que colocaria em xeque as pretensas certezas racionalistas de seus leitores e também suas balizas morais.

Por um lado, *O Grande Deus Pã* não passa de uma típica narrativa vitoriana na qual um mistério une diferentes personagens e tramas, numa estrutura que deve muito a *O Médico e o Monstro*, de Stevenson, e a *O Retrato de Dorian Gray*, de Wilde. Em sua novela, Machen nos dá uma trama concisa na qual cada capítulo vai conduzindo o leitor a novas pistas que levam à resolução final, exatamente como ocorre em Stevenson. Mas é de Wilde que ele recria uma visão sombria, irônica e contumaz da diminuta distância entre a alta sociedade inglesa e suas dimensões mais criminosas e perversas.

Nesse aspecto, a obra de Machen não apenas registra o fim de um século, como prenuncia o advento de um novo tempo no qual a psicanálise, os conflitos de classe e a liberação feminina seriam temas fundantes. Nessa narrativa, as misteriosas Mary, Helen Vaughan e a sra. Beaumont – em suas notáveis presenças ausentes – dão a tônica das buscas sombrias e inquirições doentias de seus personagens masculinos.

E aqui, de forma pujante, Machen se afasta das narrativas masculinas de Stevenson e Wilde para adentrar num dos traços centrais do *fin de siècle* inglês: a representação problemática do feminino.

No caso de *O Grande Deus Pã*, sua originalidade esteve em atualizar o mito para um contexto contemporâneo e urbano, produzindo uma novela moderna e citadina na qual os limites da sexualidade, da ciência e da loucura são testados de uma ponta à outra da trama. Ora interpretado como mestre da narrativa de horror, ora como místico e estudioso do oculto, Machen comprova nas páginas que seguem seu domínio sobre os principais símbolos dos gêneros horror e terror. Mostrando menos e sugerindo mais, opondo drama cotidiano a temas profanos e unindo crítica social contemporânea a mitos milenares, sua obra produz um raro equilíbrio entre enredo ficcional e reflexão existencial.

O que nos conduz a essa edição de *O Grande Deus Pã* que a DarkSide Books publica como parte da iniciativa Sociedade Secreta. Com ela, temos aqui um convite a ritualizarmos a permanência de Pã na cultura e nas artes, celebrando mais um passeio por textos imemoriais que forjam nossas identidades e nossa cultura. Nessa dimensão, Pã segue bem perto, cantando e dançando, se escondendo e revelando, imortalizando uma natureza ctônica que está tanto abaixo de nossos pés quanto entranhada em nossos corpos.

    Assim, ganhando as páginas de romances fantásticos ou estruturando poemas reflexivos, saltando às telas dos cinemas ou da televisão, ou sendo reelaborado para audiências adultas, juvenis ou maduras, Pã continua atraindo e desafiando sensibilidades, nos fazendo revisitar os territórios distantes das nossas infâncias, os espaços enigmáticos dos nossos pesadelos ou ainda as paragens ambivalentes e sombrias da cultura ocidental. Diante de sua multifacetada polivalência, que outras histórias Pã, sua flauta e sua dança, além de seus sátiros companheiros, ainda trarão ao palco da nossa consciência?

    A pergunta persiste, bem como a celebração de um mito que se recusa a desaparecer. Entre fumaças, máquinas e moralidades modernas, o grande e antigo deus Pã continua festejando o renascer cíclico da natureza e da cultura humana, mesmo em nossos atuais tempos sombrios. Em suma, apesar de pandemias, pânicos e pandemônios, o panteão de histórias de Pã continua nos convidando ao sonho e ao pesadelo, ao amor e ao desejo, aos bosques e aos riachos, sejam eles literais, literários ou imaginários.

Enéias Tavares
Silveira Martins, janeiro de 2024,
Ou nos Bosques Perdidos do Reino de Pã.

ARTHUR MACHEN

«—ARTHUR MACHEN—»

I

O EXPERIMENTO

stou contente que você tenha vindo, Clarke. De fato muito contente. Eu não tinha certeza se você teria tempo."

"Reorganizei os afazeres dos próximos dias. As coisas não estão muito animadoras neste momento. Mas você não tem qualquer ressalva, Raymond? Tem mesmo certeza de que é seguro?"

Os dois sujeitos seguiam vagarosos pela varanda frontal da casa do dr. Raymond. O sol ainda pairava acima das montanhas a oeste, mas reluzia em um brilho rubro e opaco que não conjurava sombras sobre a terra. O ar estava plácido. Um hálito suave emanava da mata densa assentada na encosta e trazia consigo o murmúrio intermitente dos pombos selvagens. Nos baixios do extenso e adorável vale, um rio serpenteava entre os morros vívidos e, ao passo que o sol desaparecia no horizonte ocidental, uma névoa tênue e marmórea descia as colinas. O dr. Raymond voltou-se para o amigo em um movimento repentino:

"Seguro? Claro que é seguro. O procedimento é extremamente simples. Qualquer cirurgião seria capaz de realizá-lo."

"E não há perigo em qualquer outra etapa?"

"Não, definitivamente não há perigo físico algum. Dou-lhe minha palavra. Você sempre foi comedido, Clarke. Sempre. No entanto, conhece a minha história. Eu me dedico à medicina transcendental há vinte anos. Já fui chamado de supersticioso, charlatão e impostor, mas sempre soube que me encontrava no caminho certo. Há cinco anos, atingi meu objetivo e, desde então, todos os meus dias têm servido aos preparativos para o que faremos na noite de hoje."

"Eu gostaria de acreditar que é tudo verdade." Clarke franziu as sobrancelhas e, duvidoso, fitou-o. "Tem absoluta certeza de que essa sua hipótese não é uma quimera, Raymond? Uma visão esplendida, certamente, mas não mais do que isso, uma visão?"

O dr. Raymond estacou e encarou-o severamente. Era um homem de meia-idade, esguio, quase descarnado, de tez amarelada e desbotada. Porém, quando encarou Clarke, seu rosto ardia.

"Olhe em sua volta, Clarke. Vê as montanhas e as colinas, encadeando-se feito as ondas no mar? Vê as matas e os pomares, os milharais maduros e as pradarias que se estendem até o juncal na orla do rio? Você me vê aqui ao seu lado e ouve a minha voz? Mas afirmo que todas essas coisas — sim, daquela estrela que acaba de cintilar no firmamento ao chão sob os nossos pés —, digo-lhe que essas coisas não passam de sonhos e sombras; sombras que ocultam dos nossos olhos o mundo real. *Existe* um mundo real, mas ele se encontra além desse cenário deslumbrante e dessas visões; além dos 'bordados da tapeçaria e do fluxo dos sonhos';[*] além de tudo isso como se além de um véu. Não sei se algum humano já levantou esse véu. Mas, Clarke, tenho certeza de que o assistiremos

---

*   [N.T.] Verso adaptado do poema "Dotage", publicado no volume The Temple (1633), do diácono George Herbert (1593-1633).

ser levantado dos olhos um do outro hoje à noite. Talvez você considere tudo isso um estranho disparate, e talvez seja mesmo estranho, mas também é verdadeiro. Os povos antigos tinham ciência do que significava levantar o véu. Eles chamavam de 'ver o deus Pã'."

Clarke estremeceu. A névoa pálida assomava-se gélida sobre o rio.

"É de fato maravilhoso", comentou. "Se o que você diz é verdade, Raymond, nos encontramos no limiar de um mundo insólito. Mas a faca cirúrgica será realmente necessária?"

"Sim, uma minúscula incisão na matéria cinzenta. Isso é tudo. Um rearranjo trivial de determinadas células, uma alteração microscópica que passaria despercebida por 99 a cada 100 especialistas do cérebro humano. Não desejo entediá-lo com 'insignificâncias', Clarke. Poderia lhe oferecer uma quantidade exacerbada de detalhes técnicos, que soariam demasiado grandiosos e o deixariam tão esclarecido quanto agora. Mas imagino que talvez você tenha lido, nas seções remotas dos periódicos, sobre os recentes e formidáveis avanços no campo da fisiologia do cérebro. Dia desses deparei-me com um artigo a respeito da teoria de Digby e das descobertas de Browne Faber. Teorias e descobertas! O ponto em que estão agora é o mesmo em que eu me encontrava há quinze anos. E nem preciso dizer que não passei os anos subsequentes a isso acomodado. Basta que eu diga que, há cinco anos, fiz a descoberta a que aludi quando afirmei que, há dez anos, atingi meus objetivos. Após anos de trabalho, anos labutando e tateando no escuro; após dias e noites de frustração e, por vezes, de desespero, momentos em que eu me via estremecer e enregelar diante da desconfiança de que talvez houvesse outros buscando o mesmo que eu; por fim, após tanto tempo, uma repentina ferroada de júbilo arrebatou minha alma e eu soube que minha longa jornada chegava ao fim. Uma ideia nascida em um momento ocioso lançou-me de volta a caminhos que eu já havia percorrido centenas de vezes e, tanto na época quanto agora, me parece que a grande verdade irrompeu diante de mim por mero acaso. Então vislumbrei um mundo inteiro, uma esfera desconhecida delineando-se no meu ângulo de visão; continentes e ilhas, grandes oceanos que, pelo que sei, navio algum singrara desde que o homem ergueu o rosto pela primeira vez, contemplando o sol e as estrelas nos céus e a terra silente sob os pés. Você deve considerar minha fala demasiado extravagante, Clarke, mas é difícil ser literal. Além disso, não estou certo de que aquilo a que me refiro possa ser explicado em nossos termos banais. Por exemplo, este nosso mundo agora se encontra cingido por fios e cabos telegráficos, o pensamento lampeja da aurora ao cair da noite, de norte a sul, sobre águas e desertos, e apenas um pouco mais devagar que a velocidade do próprio pensamento. Suponhamos que um eletricista de hoje em dia subitamente percebesse que ele e seus camaradas estiveram apenas brincando com seixos e confundindo-os com os alicerces do mundo; suponhamos que esse sujeito visse o mais longínquo espaço que se abre a partir das correntes elétricas e que as palavras dos homens chispassem na direção do sol e para além dele, alcançando os espaços exteriores, e que a voz de um homem articulado ecoasse no vazio desolado que delimita nosso pensamento. No que diz respeito a analogias, essa é uma boa analogia dos meus feitos. Agora você compreende um pouco de como me senti quando me encontrava aqui certa noite; era uma noite de verão e o vale não parecia diferente de agora. E aqui estava eu, e vi diante de mim o abismo inenarrável e inconcebível que se abre entre dois mundos: o mundo da matéria e o mundo do espírito. Testemunhei as vastas e vazias profundezas estendendo-se turvas diante de mim, e naquele instante uma ponte de luz brotou da terra em direção a uma costa desconhecida, e o abismo foi suplantado. Se quiser, pesquise no livro de Browne Faber. Descobrirá que, até hoje, os homens da ciência são incapazes de tecer qualquer consideração a respeito da presença, ou mesmo de especificar as funções, de um certo grupo de células nervosas do cérebro. Esse grupo é, por assim dizer, um terreno vago, um simples local de despejo para teorias fantasiosas. Não estou no mesmo nível de Browne Faber e de outros especialistas; sou perfeitamente instruído quanto às funções possíveis desses núcleos nervosos em relação ao esquema das coisas. Com apenas um toque, posso colocá-las para funcionar; afirmo que, com um toque, posso liberar uma corrente elétrica; com um toque, posso conectar este mundo sensível e... Poderemos terminar essa sentença mais tarde.

Pois sim, a faca cirúrgica é necessária, mas pense no efeito que a lâmina produzirá. Ela colocará abaixo a muralha inteiriça dos sentidos e é provável que, pela primeira vez desde que o homem foi criado, um ser material vislumbre o mundo espiritual. Clarke, Mary verá o deus Pã!"

"Mas você se lembra sobre o que me escreveu? Achei que fosse necessário que ela..." E ele sussurrou o restante ao ouvido do médico.

"De maneira nenhuma, de maneira nenhuma. Mas que bobagem. Eu garanto. De fato, é melhor que seja assim. Estou certo disso."

"Pense bem a respeito disso, Raymond. É uma grande responsabilidade. Se algo der errado, viverá angustiado pelo resto dos seus dias."

"Não, acredito que não, mesmo que o pior acontecesse. Como você sabe, tirei Mary da sarjeta quando ela era apenas uma criança, salvando-a de uma morte quase certa por inanição. Creio que sua vida me pertença, para usar como bem entender. Agora venha, está ficando tarde, é melhor entrarmos."

O dr. Raymond conduziu-o pela casa através do vestíbulo e cruzou um longo e umbroso corredor. Ele tirou uma chave do bolso, abriu uma porta pesada e indicou para que Clarke entrasse no laboratório. Outrora uma sala de bilhar, a única luz vinha de um domo de vidro ao centro do cômodo, de onde vertia uma luminosidade acinzentada sobre a figura do médico. O dr. Raymond acendeu um abajur, que contava com uma pesada cúpula, e acomodou-o sobre uma mesa no centro do recinto.

Clarke examinou os arredores. Sequer uma fração das paredes permanecia visível; havia prateleiras por todo lado, abarrotadas de garrafas e frascos de todas as formas e cores; Raymond apontou para a estante de livros *chippendale* acomodada no fim da sala.

"Está vendo aquele manuscrito de Oswald Crollius? Ele foi um dos primeiros a me mostrar o caminho, embora eu não acredite que ele próprio o tenha encontrado. Dizia um estranho ditado: 'Em cada grão de trigo jaz oculta a alma de uma estrela'."

Não havia muita mobília no laboratório: uma mesa ao centro, uma de mármore com dreno em uma das extremidades e as duas poltronas em que Raymond e Clarke se sentavam. Isso era tudo, exceto por uma cadeira de aparência peculiar no canto mais longínquo da sala. Clarke fitou-a e arqueou as sobrancelhas.

"Sim, aquela é a cadeira", Raymond afirmou. "Acredito que já seja hora de a ajustarmos na posição adequada."

O médico levantou-se e manobrou a cadeira até a área iluminada. Começou a erguer e a abaixar o assento, reclinando o encosto e posicionando-o em diversos ângulos, ajustando também o descanso para os pés. Parecia confortável o bastante. Clarke passou a mão pelo veludo verde e macio. Raymond continuou manejando as alavancas.

"Agora se acomode, Clarke. Ainda tenho algumas horas de trabalho pela frente, fui obrigado a deixar algumas questões para serem resolvidas por último."

Raymond aproximou-se da mesa de mármore; Clarke, taciturno, observou-o inclinar-se sobre um conjunto de frascos e acender a chama sob o crisol. Havia um abajur diminuto e esquálido sobre a cornija logo acima dos instrumentos do médico e Clarke, acomodado nas sombras, examinava o imenso cômodo penumbroso, divagando sobre os efeitos peculiares do contraste entre a luz cintilante e as trevas indefinidas. Logo ele notou um cheiro estranho; a princípio, não mais que a mera sugestão de um aroma permeando a sala, e quando o odor se intensificou, viu-se surpreso pois ele não lhe remetia a uma farmácia ou um dispensário. Clarke percebeu-se realizando uma análise indiferente da impressão daquele cheiro e, sem plena consciência, rememorou sobre um dia, havia quinze anos, que ele despendera vagando pela floresta e pelas pradarias nas redondezas de sua casa. Era um dos dias escaldantes no início de agosto, o calor embaçava o contorno das coisas e de tudo o que se pronunciava à distância, emoldurando-as com uma leve bruma. As pessoas que haviam conferido o termômetro comentaram sobre um registro incomum, uma temperatura quase tropical. Aquele maravilhoso dia quente dos anos 1850 ressurgiu estranhamente na imaginação de Clarke; a sensação da luz ofuscante do sol, que tudo permeava, pareceu diluir a claridade e as sombras do laboratório e ele sentiu outra vez a brisa quente no rosto, viu o mormaço subindo da relva e ouviu a miríade de murmúrios do verão.

"Espero que o cheiro não o perturbe, Clarke. Não há nada de nocivo, mas ele pode deixá-lo um tanto sonolento. Só isso."

Clarke ouviu aquelas palavras com clareza e soube que Raymond tinha falado com ele, mas não foi capaz de se livrar da letargia. Conseguia pensar apenas na caminhada solitária que fizera quinze anos antes; aquela tinha sido a última vez que contemplara os campos e as matas que conhecia desde a infância, e agora, como uma pintura, tudo ressurgia diante dele envolto em luz cintilante. Destacando-se sobre a multitude de impressões, atingia-lhe as narinas o aroma do verão, a fragrância entremeada de flores distintas, o cheiro da mata, de lugares frescos e sombreados nas profundezas verdejantes da floresta, tudo conduzido até ele pela brisa de verão. Também havia a fragrância da terra sadia, algo que, como se de braços abertos e lábios sorridentes, sobrepujava tudo. Os devaneios levaram-no a vagar como ele fizera havia tanto tempo, dos campos às matas, seguindo uma trilha estreita em meio à vegetação que vicejava entre as faias; e o regato correndo sobre as formações calcárias soava como a límpida melodia de um sonho. Os pensamentos agora perdiam o rumo e mesclavam-se uns aos outros; a aleia de faias transformou-se em uma trilha entre azinheiras e as videiras se alastravam de galho em galho, repletas de gavinhas e de cachos de uvas maduras; as parcas folhas cinzentas de uma oliveira selvagem destacavam-se contra as densas sombras das árvores. Nas profundezas do sonho, Clarke tinha ciência de que o caminho que tomara, partindo da casa do pai, o conduzira a um lugar desconhecido. Ele divagava acerca da estranheza de tudo aquilo quando repentinamente, assomando-se sobre os zumbidos e murmúrios do verão, um silêncio infindo pareceu recair sobre todas as coisas. A mata se emudeceu e, por um instante recortado do tempo, ele se viu cara a cara com uma presença que não era nem homem nem besta, nem viva nem morta, mas uma mescla de tudo: a substância de todas as coisas, desprovida de todas as substâncias. Naquele momento, a sacralidade de corpo e alma se dissolveu e uma voz pareceu clamar "Vamos embora daqui". Então havia apenas as trevas que jaziam nas trevas além das estrelas: a escuridão perpétua.

* * *

Clarke despertou sobressaltado. Observou Raymond derramar algumas gotas de um fluido oleoso em um frasco verde, que ele tampou com firmeza.

"Você estava cochilando", ele disse. "A viagem deve ter lhe deixado cansado. Está tudo pronto. Vou buscar Mary e volto em dez minutos."

Clarke recostou-se na cadeira, ponderando. Foi como se tivesse saído de um sonho apenas para cair em outro. Quem sabe ele esperasse que as paredes do laboratório se dissolvessem e desaparecessem, e então acordaria em Londres, trêmulo devido às fantasias do sono.

Por fim, a porta se abriu e o médico retornou, trazendo consigo uma garota que devia beirar os 17 anos, vestida toda de branco. Era linda; Clarke não julgou imerecidas as descrições que o médico fizera dela em suas cartas. Ela enrubesceu, as bochechas e o pescoço coraram, mas Raymond parecia impassível.

"Mary, o momento chegou", ele comentou. "Você é livre para tomar essa decisão. Está disposta a se colocar totalmente à mercê de meus desígnios?"

"Sim, querido."

"Ouviu isso, Clarke? Você é minha testemunha. Aqui está a cadeira, Mary. É simples, basta que se sente e se recoste. Está pronta?"

"Sim, querido, estou bastante pronta. Dê-me um beijo antes de começar."

O médico se curvou e, dotado de certa gentileza, beijou sua boca.

"Agora feche os olhos", ordenou.

As pálpebras da menina se fecharam como se ela estivesse cansada e desejosa de uma boa noite de sono. Raymond posicionou o frasco esverdeado sob o nariz dela e o rosto empalideceu, tornando-se mais branco do que seu vestido. Ela demonstrou uma débil resistência, mas a sugestão de submissão se intensificou. Então, recolheu os braços, acomodando-os sobre o peito, como uma criança prestes a fazer as preces. A luz intensa da luminária refulgia sobre ela. Clarke contemplava seu rosto esboçando expressões tão efêmeras quanto os padrões projetados nas colinas quando as nuvens de verão flutuam diante do sol.

Ela jazia inteiramente pálida e inerte. O médico levantou uma de suas pálpebras. Estava inconsciente. Empregando certo esforço, Raymond acionou uma das alavancas e, de imediato, a cadeira foi reclinada. Clarke observou-o raspar uma porção do cabelo da jovem na forma de um círculo, como uma tonsura, então a luminária foi aproximada. O médico retirou de uma maleta um instrumento diminuto e reluzente. Clarke foi acometido por um arrepio e desviou o rosto. Quando volveu o olhar para a cena, Raymond já cuidava do ferimento que ele mesmo infligira.

"Ela vai acordar em alguns minutos." O médico continuava perfeitamente calmo. "Não há nada mais a ser feito, só basta esperar."

Os minutos se arrastavam. Havia um velho relógio no corredor e eles ouviam o lento e pesado tique-taque. Clarke sentia-se nauseado e aturdido, os joelhos tremiam e ele mal era capaz de manter-se em pé.

De súbito, eles ouviram um longo suspiro, a cor voltou ao rosto da menina e ela abriu os olhos. Clarke retraiu-se diante deles. Os olhos emitiam uma luz medonha, estavam vidrados em algum ponto distante e uma expressão de júbilo recaiu sobre o rosto dela. Ela estendeu as mãos como se quisesse tocar algo invisível. Todavia, num instante, o êxtase em seu rosto se desfez, sendo substituído por um terror pungente. Os músculos do rosto distorceram-se terrivelmente e ela estremeceu dos pés à cabeça. A alma parecia engajada em uma luta ferrenha dentro daquela casca de carne. Era horrível de se ver. Então foi ao chão, guinchando. Clarke apressou-se em socorrê-la.

Três dias depois, Raymond conduziu Clarke aos aposentos de Mary. Ela jazia na cama, frenética, movendo a cabeça de um lado para outro e arreganhando sorrisos vagos.

"Sim, é mesmo uma pena", o médico disse, ainda calmo. "Ela tornou-se uma idiota desenganada. Mas era inevitável, afinal de contas, ela viu o Grande Deus Pã."

«–ARTHUR   MACHEN–»

II
AS MEMÓRIAS DO SR. CLARKE

 sr. Clarke, o cavalheiro escolhido por dr. Raymond para testemunhar o peculiar experimento relativo ao deus Pã, exibia um caráter em que a cautela e a curiosidade estavam estranhamente mescladas. Em seus momentos mais racionais, ele fitava o extraordinário e o excêntrico com uma aversão indisfarçável, mas no fundo nutria uma enorme curiosidade a respeito dos mais recônditos e místicos elementos da natureza humana. Era essa última tendência que tinha prevalecido quando ele aceitara o convite de Raymond. Embora seu bom senso tivesse sempre repudiado as teorias do médico como as mais loucas sandices, ele retinha uma crença secreta no fantasioso e teria se rejubilado ao encontrar uma confirmação. Os horrores que testemunhara naquele laboratório lúgubre provaram-se, em certa medida, salutares. Ele tinha ciência de que havia tomado parte em um episódio nada

respeitável e, por muitos anos depois do ocorrido, agarrou-se com ferocidade aos lugares-comuns, rejeitando todas as oportunidades de investigar o oculto. De fato, por algum princípio homeopático, ele participou das sessões de médiuns ilustres na esperança de que os truques grosseiros desses cavalheiros o deixassem avesso a todos os tipos de misticismo. Mas o remédio, embora amargo, não foi eficaz. Clarke estava ciente de que ainda se interessava por questões espirituais e a velha paixão reacendia-se pouco a pouco à medida que o rosto de Mary, distorcido por horrores desconhecidos, dissolvia-se de sua memória.

Como dedicava todo o seu dia a atividades sérias e aos negócios, a tentação de usufruir da noite para relaxar era imensa, em particular nos meses de inverno, quando a lareira lançava um brilho cálido em seu confortável apartamento de solteiro e uma boa garrafa de vinho descansava na mesa ao lado da poltrona. Depois do jantar, ele fazia uma tentativa de ler o jornal noturno, mas aquela ordinária sucessão de notícias logo perdia o sabor, então Clarke flagrava-se dando olhadelas de caloroso desejo na direção de uma velha escrivaninha japonesa que ficava a uma distância agradável da lareira. Como um menino diante do armário de geleias, ele se mostrava indeciso por alguns minutos, embora a tentação sempre prevalecesse. Clarke acabava abandonando a poltrona, acendendo uma vela e sentando-se diante da escrivaninha. As gavetas e escaninhos do móvel fervilhavam de registros sobre os tópicos mais mórbidos e havia um volumoso manuscrito em que ele registrava ansioso os tesouros de sua coleção. Clarke nutria um cultivado desprezo pela literatura de grande circulação; mesmo a história mais fantasmagórica deixava de interessá-lo, caso fosse publicada. Ele sentia imenso prazer em ler, compilar e reorganizar o que chamava de *Memórias que Visam Atestar a Existência do Diabo*. Sempre que se dedicava a isso, o tempo parecia voar e a noite tornava-se demasiado curta.

Numa noite em particular, uma triste noite de dezembro sufocada pela névoa e frígida pela geada, Clarke jantou depressa e mal se dignou a realizar o ritual de pegar o jornal para abandoná-lo em seguida. Ele deu uma ou duas voltas pela sala, abriu o tampo da escrivaninha, hesitou por um instante, então se sentou. Recostou-se, absorto em um daqueles devaneios que costumavam dominá-lo. Por fim, abriu o manuscrito na última entrada. Havia três ou quatro páginas registradas na caligrafia esmerada de Clarke e, ao topo da primeira, ele grafara de forma um tanto destacada:

Uma Narrativa Singular que me foi relatada por um Amigo, o dr. Phillips. Ele me garantiu que todos os fatos aqui referidos são estrita e inteiramente verdadeiros. No entanto, recusou-se a fornecer os Sobrenomes das Pessoas envolvidas assim como o Local onde tais Eventos Extraordinários ocorreram.

Pela décima vez, o sr. Clarke começou a ler o relato, dando olhadelas esporádicas às notas à lápis que fizera na margem quando o amigo lhe contara a história. Ele tendia a orgulhar-se de possuir certo mérito literário; considerava o próprio estilo refinado e empenhava-se em organizar os eventos em um encadeamento dramático. Leu a seguinte história:

Os indivíduos concernentes a este relato são Helen V., que, se ainda estiver viva, deve ser agora uma mulher de 23 anos; Rachel M., já falecida, que era um ano mais jovem que a supracitada; e Trevor W., um idiótico de 18 anos. Esses indivíduos eram, no período em que se desvelava a narrativa, habitantes de um vilarejo na fronteira de Gales, um lugar que tivera determinada relevância na época da ocupação romana, mas que agora não passa de um lugarejo remoto, contando com não mais de quinhentas almas. A vila situava-se em terreno elevado, a quase dez quilômetros do mar, além de ser resguardada por uma floresta vasta e pitoresca.

Uns bons onze anos atrás, Helen V. chegou à vila em circunstâncias um tanto peculiares. Sabe-se que ela, sendo órfã, foi adotada ainda na infância por um parente distante, por quem foi criada até os 12 anos. Entretanto, considerando que seria mais adequado que a jovem tivesse companhia da mesma idade, ele publicou anúncios em diversos jornais locais no intuito de encontrar uma boa residência em uma fazenda aconchegante, um lugar que pudesse acomodar uma garota de 12 anos.

Um dos anúncios foi respondido pelo sr. R., um próspero fazendeiro que residia no vilarejo já mencionado. Depois que as referências se mostraram satisfatórias, o cavalheiro enviou sua filha adotiva ao sr. R., levando consigo uma missiva na qual ele estipulava que a menina deveria ter um quarto só para si e afirmava que seus tutores não necessitavam dar atenção quanto à sua educação, uma vez que ela já era suficientemente instruída para a posição que ocuparia na vida. Decerto, o fazendeiro foi levado a entender que a menina tinha permissão de determinar suas próprias atividades e que poderia fazer praticamente o que bem entendesse.

O sr. R. a recebeu segundo os costumes da hospitalidade; ele a encontrou na estação mais próxima, em uma cidade a mais de dez quilômetros de distância de sua casa, e não pareceu notar nada de extraordinário na criança, a não ser o fato de que ela era reticente em relação à vida prévia e ao pai adotivo. Entretanto, provinha de uma estirpe muito distinta da dos habitantes da vila: tinha a pele pálida, de um tom claro de oliva, límpida e reluzente, suas feições eram bastante definidas e exibiam características quase estrangeiras.

Ela pareceu ter se adaptado com dada facilidade à vida campestre e logo ganhou a afeição das crianças, que por vezes a acompanhavam em seus passeios pela mata, seu passatempo preferido. O sr. R. afirma que ela costumava partir sozinha para a floresta logo depois do desjejum e que não retornava antes do cair da noite. Sentindo-se apreensivo pelo fato de uma garota tão jovem passar tantas horas fora e desacompanhada, ele comunicou o fato ao seu pai adotivo, que respondeu em uma carta breve que Helen podia fazer o que quisesse. No inverno, quando as trilhas da mata se tornavam intransitáveis, ela despendia a maior parte do tempo no quarto que recebera apenas para si, conforme instruções familiares. Foi durante uma dessas expedições à floresta que ocorreu o primeiro dos incidentes singulares a que essa garota está relacionada.

O evento se deu cerca de um ano após sua chegada ao vilarejo. O inverno anterior havia sido deveras rigoroso, a neve caíra em abundância e a geada tardara a desaparecer. O verão que se seguiu fora marcado pelo calor extremo. Em um dos dias mais quentes daquele período, Helen V. deixou a fazenda no intuito de dar um de seus longos passeios pela floresta, levando consigo, como de costume, um pouco de pão e carne para o almoço. Ela fora avistada por alguns sujeitos, singrando os campos na direção da antiga Estrada Romana, uma trilha pavimentada e verdejante que cortava a porção mais alta da mata. Os homens viram-se abismados ao notar que ela tirara o chapéu, embora o calor do sol fosse quase tropical. Acontece que um homem, chamado Joseph W., trabalhava na floresta próximo à Estrada Romana. Ao meio-dia, seu filho mais jovem, Trevor, trouxera-lhe um bocado de pão e queijo para o almoço. Depois da refeição, o menino, que tinha cerca de 7 anos na época, saiu, deixando o pai a trabalhar, como ele contou, e foi buscar flores na floresta. Joseph, sendo capaz de ouvir os clamores de alegria do filho, seguiu despreocupado em seus afazeres. Entretanto, ele foi subitamente dominado pelo medo ao ouvir os mais terríveis bramidos — um evidente produto de portentoso horror — ecoando da direção que o filho tomara. Ele então abandonou as ferramentas e disparou à procura da criança, tentando descobrir o que havia acontecido. Seguindo o som dos gritos, deparou-se com Trevor em disparada, evidentemente sobrepujado por um medo terrível. Ao ser questionado, o menino disse que se sentiu cansado depois de ter colhido um ramalhete de flores, então se deitou na relva e acabou caindo no sono. Segundo ele, foi despertado de maneira repentina por um som curioso — um tipo de canto, afirmou —, então, espiando por entre os arbustos, encontrou Helen V. sentada na gramínea, brincando com um "estranho homem nu", que ele pareceu incapaz de descrever em mais detalhes. Ele disse que se sentiu terrivelmente assustado e que correu aos prantos em busca do conforto do pai. Joseph W. seguiu na direção indicada pelo filho e encontrou Helen V. sentada na relva em meio a uma clareira — provavelmente um lugar antigamente usado por carvoeiros. Enraivecido, acusou-a de ter assustado seu filho, mas ela negou ter qualquer culpa no caso e riu da menção da criança a um "homem estranho", coisa a que o próprio Joseph não dera muito crédito. Ele concluiu que o menino acordara assaltado por um medo súbito, como às vezes acontece com as crianças, mas Trevor insistiu na história, mostrando-se tão aflito que seu pai finalmente decidiu levá-lo para casa, na esperança de que a mãe fosse capaz de acalmá-lo. Todavia, os pais se viram angustiados por semanas a fio por causa do filho; o menino estava sempre ansioso e se comportava de maneira atípica, recusando-se a sair de casa sozinho. E ainda, com frequência alarmava a família, perambulando durante a noite e bradando "O homem da floresta! Pai! Pai!".

Com o passar do tempo, o temor do menino pareceu diminuir e, três meses depois, ele acompanhou o pai à casa de um cavalheiro das redondezas, para quem Joseph W. às vezes prestava serviços. O pai foi conduzido ao estúdio e o garoto, deixado na sala principal. Alguns minutos depois, enquanto o cavalheiro em questão dava instruções a Joseph, ambos se viram aterrorizados diante do clamor de um grito agudo e o som de um baque seco. Apressaram-se na direção do rumor e encontraram a criança inconsciente, ao chão, o rosto distorcido de horror. O médico foi chamado sem demora e, depois de examinar o menino, atestou que a criança havia sofrido um ataque de nervos, provavelmente produzido por um choque súbito. Trevor foi acomodado em um quarto e depois de certo tempo recobrou os sentidos, passando a apresentar uma condição descrita pelo médico como "histeria intensa". O médico administrou um forte sedativo e, no curso de algumas horas, declarou o garoto apto a tomar o rumo de casa. Ainda assim, ao passar pela sala principal, os paroxismos do medo voltaram a se manifestar com violência adicional. O pai notou que a criança apontava para um objeto e exclamava: "o homem da floresta". Ao perscrutar na direção indicada, ele viu uma cabeçorra de pedra, de aparência extravagante e primal, que havia sido fixada na parede acima de uma porta. Ao que parecia, o dono da casa havia feito reformas em tempos recentes e, durante as escavações dos alicerces de uma das alas, haviam encontrado o curioso objeto, que claramente remetia ao período romano e que fora instalado da forma descrita. Os arqueólogos mais experientes do distrito afirmavam que a cabeça retratava um fauno ou sátiro.

> [Dr. Phillips comentou que tinha visto o
> item em questão e garantiu-me que nunca
> antes sentira um pressentimento tão vívido
> de um mal intenso como aquele.]

Independentemente da causa, esse segundo ataque de nervos parece ter sido demais para o menino Trevor, que hoje sofre de uma debilidade do intelecto, apresentando pouquíssimas possibilidades de melhora. Na época, a história causou grande comoção e o sr. R. submeteu Helen V. a um interrogatório rigoroso, mas sem qualquer resultado promissor. A garota negou com veemência que tivesse assustado ou perturbado Trevor de qualquer forma que fosse.

O segundo evento ao qual o nome dessa jovem está relacionado ocorreu cerca de seis anos atrás, apresentando um caráter ainda mais extraordinário.

No início do verão de 1882, Helen firmou uma amizade peculiarmente íntima com Rachel M., a filha de um próspero fazendeiro da região. A garota, que era um ano mais jovem do que Helen, era considerada a mais bela das duas pela maioria das pessoas, embora as feições de Helen houvessem, em grande medida, se suavizado com a idade. As duas meninas, que se aproveitavam de qualquer oportunidade para despender algum tempo juntas, representavam um contraste singular: uma delas tinha pele cor de oliva, de aspecto quase italiano, e a outra exibia o proverbial tom branco e corado, característico dos distritos rurais. É preciso destacar que as somas pagas pelo sr. R. para custear a estadia de Helen eram conhecidas na vila pela excessiva generosidade e a impressão geral era de que ela um dia herdaria uma vasta quantia de seu benfeitor. Portanto, os pais de Rachel não se opuseram à amizade da filha com a garota, inclusive encorajando tal intimidade, ainda que agora se arrependam amargamente por terem agido dessa forma. Helen ainda mantinha um notável apreço pela floresta e, em inúmeras ocasiões, Rachel a acompanhava nesses passeios; as duas amigas partiam cedo pela manhã e permaneciam na mata até o anoitecer. Por uma ou duas vezes após essas incursões, a sra. M. considerou que a filha apresentava modos um tanto peculiares, parecia lânguida e distraída e, como já foi dito, "fora de si". Todavia, essas estranhezas não foram consideradas relevantes. Em certa noite, porém, após Rachel voltar para casa, sua mãe ouviu algo que se assemelhava a um pranto reprimido vindo do quarto da menina. Ela encontrou a filha deitada na cama, seminua, tomada por uma evidente e imensa angústia. Logo que notou a mãe, a garota exclamou: "ah, mãe, por que você me deixou ir para a floresta com Helen?". A sra. M. viu-se abismada diante de uma pergunta tão estranha, então passou a inquirir a filha. Rachel contou a ela uma história inacreditável. Ela disse que —

Clarke fechou o livro em um estalo e virou a cadeira na direção do fogo. Na noite em que seu amigo tinha se sentado naquela mesma cadeira e contado aquela história, Clarke o interrompera em um ponto um tanto posterior a esse, atalhando o relato com um paroxismo de horror:

"Meu Deus", havia exclamado, "pense, só pense no que você está dizendo. É absurdo demais, monstruoso demais. Essas coisas jamais poderiam ocorrer em um mundo tão singelo quanto o nosso, onde homens e mulheres vivem e morrem; onde lutam a duras penas, superando obstáculos; ou quem sabe falhando e sendo dominados pela angústia e pela mágoa, lamentando e sofrendo estranhas sinas por anos a fio. Mas não isso, Phillips, não coisas desse tipo. Deve haver alguma explicação, algo que não culmine em horror. Meu Deus, homem, se uma coisa dessas fosse possível, nosso mundo seria um pesadelo."

Mas Phillips havia contado a história até o fim. Então concluiu:

"A fuga permanece um mistério até hoje. Ela desapareceu em plena luz do dia. Eles a viram vagando pelas campinas e, instantes depois, já não estava mais lá."

Sentado diante da lareira, Clarke tentava digerir a história outra vez, e outra vez ele hesitava, atordoado, desolado diante da visão de tais elementos perversos e inefáveis que triunfavam imbuídos em carne humana. A trilha verdejante da floresta desvelava-se diante dele, distante e sombria como o amigo descrevera. Ele via as folhas oscilando ao vento e as sombras tremulando sobre a relva; via a luz do sol sobre as flores e, ao longe, na campina longínqua, duas figuras vinham na direção dele. Uma delas era Rachel, mas e a outra?

Clarke tentara não acreditar na história, tentara o melhor que pudera; mas ao final do relato ele grafara a seguinte inscrição:

Et Diabolus incarnatus est. Et homo factus est.*

* E o Diabo se fez carne. E se tornou homem.

«– ARTHUR MACHEN –»

III
A CIDADE DAS RESSURREIÇÕES

erbert? Meu Deus, é você mesmo?"

"Sim, meu nome é Herbert. Acho que me lembro do seu rosto, mas não do seu nome. Minha memória anda meio estranha."

"Não se recorda de Villiers, da sua época na Wadham?"

"É claro, é claro. Desculpe-me, Villiers, não achei que estivesse mendigando para um velho camarada da faculdade. Boa noite."

"Meu caro amigo, não se apresse em partir, moro perto daqui. No entanto, antes de irmos para lá, acredito que possamos dar uma caminhada pela Shaftesbury Avenue. Agora, como, em nome de Deus, você chegou neste estado, Herbert?"

"É uma longa história, Villiers, uma história longa e estranha. Posso lhe contar se assim desejar."

"Pois então conte. Tome meu braço, você não me parece muito vigoroso."

A insólito dupla seguiu lentamente pela Rupert Street; um deles em trapos imundos e de aparência medonha, o outro muito bem alinhado nos trajes de passeio de um homem citadino: elegante, engomado e notavelmente abastado.

Villiers tivera um excelente jantar. Havia desfrutado de diversos pratos na companhia de uma boa garrafa de vinho. Ao deixar o restaurante, tomado por aquele seu típico estado de espírito, havia se demorado por um momento diante da porta, perscrutando a rua umbrosa em busca daqueles misteriosos incidentes e indivíduos que fervilhavam por Londres a toda hora e por toda parte. Ele orgulhava-se de ser um experiente explorador das obscuras vielas e labirintos da vida londrina e, nessa empreitada não lucrativa, demonstrava empenho desmedido, digno da mais séria das campanhas. Então havia estacado sob o poste de chumbo, atentando a quem passava, dominado por uma curiosidade indisfarçável. Dotado de uma seriedade adquirida graças ao jantar satisfatório, ele concebera uma máxima: *Londres já foi chamada de cidade dos encontros, contudo ela é mais do que isso, ela é a cidade das ressurreições*. Entretanto, tais reflexões foram de repente interrompidas por um penoso lamento seguido de um deplorável pedido por esmola. Ele volveu-se um tanto irritado, mas, sobressaltado, viu-se confrontado pela própria encarnação de seus laboriosos devaneios. E ali, tão próximo dele, aquele rosto desfigurado devido à pobreza e à miséria, aquele corpo envolto em trapos imundos; ali jazia seu velho amigo Charles Herbert, que havia cursado nas mesmas classes que ele, ao lado de quem estudara e fora feliz por doze semestres inteiros. Atividades distintas e interesses diversos haviam interrompido a amizade e já fazia seis anos desde que Villiers tinha visto Herbert pela última vez. E agora ele contemplava aquele farrapo de homem. Mas o desalento e a tristeza que ele sentia diante daquela figura mesclavam-se a certa curiosidade quanto às lúgubres circunstâncias que haviam arrastado o sujeito a um caminho tão malfadado. Em paralelo à compaixão, Villiers sentia todo o prazer que um amante de mistérios sente em tais situações, parabenizando a si mesmo por ter se demorado na frente do restaurante, envolvido em especulações.

Eles seguiram em silêncio por algum tempo. Mais de um transeunte expressou espanto diante daquela cena inusitada: um homem bem-vestido de braços dados com alguém que era inconfundivelmente um mendigo. Notando os olhares, Villiers tomou uma rua penumbrosa no Soho. Depois de um momento, repetiu a pergunta:

"Como diabos isso aconteceu, Herbert? Sempre pensei que você tivesse um excelente cargo garantido na Dorsetshire. Por acaso o seu pai lhe deserdou?"

"Não, Villiers. Herdei tudo depois da morte do meu velho pai. Ele faleceu um ano depois que deixei Oxford. Ele foi um bom pai para mim e prestei-lhe o devido tempo de luto. Mas você sabe como são os jovens. Alguns meses depois, mudei-me para a cidade e integrei-me na sociedade. É claro que eu tinha ótimas companhias, então fui capaz de me divertir um bocado, e de maneira bastante inofensiva. Joguei um pouco, claro, mas jamais me aventurei em apostas arriscadas. Além disso, as poucas vezes em que apostei nas corridas de cavalo renderam-me um bom dinheiro. Não mais que um punhado de libras, sabe? Mas era o bastante para os charutos e para outros prazeres fúteis. Foi quando ganhei algum status social que a maré mudou para mim. Imagino que você tenha ficado sabendo sobre o meu casamento."

"Não, não soube de nada."

"Pois sim, eu me casei, Villiers. Conheci uma garota na casa de alguns afeitos, uma moça dotada da mais assombrosa e estranha beleza. Não sei dizer que idade ela tinha, eu mesmo jamais soube. No entanto, pelo que me consta, suponho que tivesse cerca de 19 anos quando a conheci. Meus amigos a tinham conhecido em Florença, ela contara-lhes que era órfã, filha de pai inglês e mãe italiana. E ela os deixou encantados, assim como a mim. Eu a vi pela primeira vez durante uma reunião noturna. Estava perto da porta, conversando com um amigo quando, de repente, sobrepondo-se ao burburinho das conversas, ouvi uma voz que fez meu coração disparar. Cantava uma canção italiana. Fui apresentado a ela naquela noite e três meses depois me casei com Helen. Villiers, aquela mulher, se é que é possível chamá-la de mulher, corrompeu minha alma. Na noite do casamento, vi-me acomodado em seu quarto de hotel, ouvindo-a falar. Estava sentada na cama e eu ouvia a sua linda voz; eu a ouvia falar sobre coisas que não ousaria sequer sussurrar, nem mesmo na noite mais escura, nem mesmo perdido em meio ao deserto. Villiers, você até pode pensar que sabe coisas sobre a vida, sobre Londres, sobre o que acontece dia e noite nessa cidade terrível. Talvez tenha ouvido em conversas ordinárias aquilo que posso relatar. Mas uma coisa eu garanto: você não tem a mínima noção do que sei; nem mesmo nos sonhos mais fantásticos e medonhos poderia conceber a mais tênue sombra do que vi e ouvi. Pois sim, eu vi. Contemplei coisas inconcebíveis, tão horrendas que, por vezes, eu estaco no meio da rua e me pergunto como é possível que um homem tenha contemplado tais coisas e sobrevivido. Villiers, em questão de um ano eu estava arruinado, em corpo e alma. Em corpo e alma."

"Mas e as suas propriedades, Herbert? Você tinha terras em Dorset."

"Vendi tudo. Os campos, as florestas, a antiga e querida casa. Tudo."

"E o dinheiro?"

"Ela me tirou tudo."

"E depois te abandonou?"

"Sim, desapareceu noite adentro. Não sei para onde foi, mas tenho certeza de que hei de morrer se pousar meus olhos nela outra vez. O resto de minha história é irrelevante. Nada mais do que miséria sórdida. Villiers, talvez você ache que estou exagerando ou que eu disse o que disse para causar impacto. Mas não lhe contei nem a metade. Eu poderia mencionar certas coisas que o convenceriam, mas então você nunca mais veria alegria no mundo. Passaria o resto dos seus dias nesse mesmo estado em que me encontro agora: um homem assombrado, um homem que viu o inferno."

Villiers conduziu aquela figura desafortunada aos seus aposentos e serviu-lhe uma refeição. Herbert quase não comeu e mal tocou a taça de vinho disposta diante dele. Ele acomodou-se silente e taciturno perto da lareira e pareceu aliviado quando Villiers se despediu, dando-lhe uma pequena soma em dinheiro.

"A propósito, Herbert", Villiers disse quando alcançaram a porta. "Qual era o nome da sua esposa? Se não me engano, você disse que era Helen. Mas Helen de quê?"

"O nome pelo qual ela atendia quando a conheci era Helen Vaughan, mas não sei dizer se é o verdadeiro. Não acho que ela tivesse um nome. Não, não nesse sentido. Apenas seres humanos têm nomes, Villiers. Mas não sou capaz de contar mais nada. Adeus, Villiers. Se me der conta de alguma coisa com a qual você possa me ajudar, não deixarei de procurá-lo. Boa noite."

O homem se foi pela noite amarga e Villiers voltou a se sentar próximo à lareira. Alguma coisa a respeito de Herbert o deixara inexprimivelmente apreensivo. Não se tratava dos lamentáveis farrapos que ele usava, nem das marcas que a miséria infligira em seu rosto, e sim do terror indefinível que pairava sobre ele como se fosse um halo de névoa. Herbert reconhecia que ele próprio não estava livre de culpa; aquela mulher, confessara, tinha o corrompido, corpo e alma. Mas Villiers sentia que, aquele que uma vez fora um amigo, tomara partido de um mal além do poder das palavras. A história não necessitava de confirmação. Herbert era a prova viva.

Villiers divagava curioso sobre a narrativa que ouvira, ponderando se sabia tudo o que havia para saber sobre o assunto. *Não, claro que ainda não sei de tudo. É provável que este seja apenas o começo. Um caso desses é como uma daquelas caixas chinesas; abrimos caixa após caixa apenas para encontrar um enigma mais refinado. É bem provável que o pobre Herbert não seja mais do que um dos compartimentos exteriores e que os próximos apresentem questões ainda mais peculiares.*

Villiers não conseguia parar de pensar em Herbert e sua história, algo que soava cada vez mais fantástico à medida que a noite avançava. O fogo parecia se arrefecer e o ar frígido da manhã se insinuava pelo cômodo. Villiers levantou-se, deu uma olhadela por sobre o ombro e, acometido por um breve arrepio, foi para a cama.

Alguns dias depois, no clube, ele esbarrou em um conhecido, um cavalheiro chamado Austin, famoso pelo conhecimento íntimo que retinha acerca da vida londrina, tanto dos aspectos funestos quanto dos salutares. Villiers, ainda sob efeito do encontro no Soho, considerou que Austin talvez fosse capaz de lançar alguma luz sobre a história de Herbert. Então, depois de uma conversa casual, acrescentou de súbito:

"Por acaso você sabe alguma coisa a respeito de um homem chamado Herbert, Charles Herbert?"

Austin empertigou-se de repente, encarando Villiers de forma um tanto surpresa.

"Charles Herbert? Esteve fora da cidade durante esses últimos três anos? Sim. Então não ouviu qualquer comentário sobre o caso de Paul Street? Teve grande repercussão na época."

"Sobre o que se trata?"

"Bem, um cavalheiro, um homem de renome, foi encontrado morto na entrada lateral de uma certa residência em Paul Street, nas imediações de Court Road. É claro que não foi a polícia quem o encontrou. Se alguém passar a noite em claro e deixar as luzes acesas, esteja certo de que um guarda vai tocar a campainha. Agora, se por acaso houver um cadáver no pátio de uma residência, eles o deixam por conta. Nesse caso, assim como em muitos outros, foi um vagabundo quem primeiro fez alarde. Não me refiro a um mendigo nem a um boêmio típico, e sim a um cavalheiro cujas atividades ou prazeres, ou ambos, tornaram-no um espectador das ruas londrinas às cinco da manhã. O indivíduo em questão 'voltava para casa', como ele mesmo afirmou, embora não parecesse ter rumo certo, e acabou passando por acaso pela Paul Street entre quatro e cinco da manhã. Alguma coisa chamou a sua atenção para o número 20. Ele contou, de maneira bastante absurda, que a casa apresentava o aspecto mais inquietante que ele já tinha visto. Em todo caso, deu uma olhada na entrada lateral, que levava ao porão, e ficou atônito ao avistar um homem caído no pavimento de pedras, os membros rígidos e retorcidos e o rosto voltado para cima. Nosso cavalheiro considerou o rosto do sujeito estranhamente pálido, por isso disparou à procura do policial mais próximo. A princípio, o guarda não pareceu inclinado a dar atenção ao assunto, suspeitando que aquilo não passasse de um caso de embriaguez. Entretanto, depois de averiguar o rosto esbranquiçado do sujeito, ele rapidamente mudou o tom. O passarinho madrugador, que havia fisgado um excelente verme, foi incumbido de buscar um médico. O policial tocou a campainha e bateu à porta com insistência, então uma criada desalinhada surgiu pouco desperta. O guarda indicou o corpo no pátio e a empregada deu um grito tão alto que acordou a rua inteira. Porém ela nada sabia a respeito do homem, ele jamais tinha entrado na casa e assim por diante. Nesse meio tempo, o explorador que originalmente encontrara o corpo retornou acompanhado de um médico. Então foi necessário que eles tivessem acesso à entrada lateral. O portão foi aberto e o quarteto marchou escada abaixo, na direção do porão. O médico mal precisou examinar o corpo, atestando que o pobre coitado estava morto há horas. Foi então que o caso começou a ficar interessante: o morto não tinha sido roubado e, em um dos bolsos havia documentos que o identificavam como um homem de boa família e consideráveis posses, alguém respeitado na sociedade e que não tinha qualquer inimizade conhecida. Não darei o seu nome, Villiers. Isso não tem qualquer relação com a história. Ademais, não há serventia nenhuma em remexer nos assuntos dos mortos, se eles nada têm a ver com os dos vivos. A próxima questão curiosa diz respeito ao fato de os médicos terem sido incapazes de concordar sobre a causa da morte. Havia alguns hematomas leves nos ombros do sujeito, mas as marcas eram demasiado sutis; até poderiam indicar que ele houvesse sido empurrado porta afora com rudeza, mas não que tivesse sido arremessado pela balaustrada da entrada lateral ou mesmo arrastado escada abaixo. Porém, não havia outros sinais de violência no corpo dele, nada que sugerisse a causa da morte. Além disso, a necropsia não identificou qualquer vestígio de envenenamento. É claro que a polícia desejava saber tudo a respeito dos moradores do número 20, mas outra vez, conforme ouvi de fontes sigilosas, uma ou outra questão curiosa surgiu. Ao que parece, os ocupantes da casa eram o sr. e a sra. Charles Herbert. Dizia-se que ele era dono de terras, o que surpreendeu muita gente, afinal de contas, a Paul Street não era um lugar onde comumente se encontrasse as classes abastadas do campo. Quanto à sra. Herbert, ninguém parecia saber quem era ou de onde viera e, cá entre nós, imagino que os marujos que se aventuraram a buscar a história dela tenham se encontrado em águas estranhas. É claro que ambos negaram possuir qualquer informação sobre o falecido, então foram liberados por falta de evidências. Todavia, alguns fatos peculiares a respeito deles vieram à tona. Embora o cadáver tivesse sido recolhido entre cinco e seis da manhã, uma multidão enorme se reunira e diversos vizinhos tinham se apressado em dar as caras, tentando descobrir o que estava acontecendo. Eles tomaram considerável liberdade ao tecer comentários e, ao que parecia, a casa no número 20 tinha uma má reputação na Paul Street. Os detetives averiguaram tais rumores no intuito de extrair deles alguma informação factível, mas não encontraram nada de valia. As pessoas respondiam em negativa e franziam as sobrancelhas, comentando que os Herbert eram um tanto 'estranhos' e que preferiam 'não ser vistos entrando na casa deles' e assim por diante, entretanto não havia nada tangível. As autoridades expressavam a certeza moral de que, de uma forma ou de outra, o homem havia encontrado a morte naquela casa, sendo então lançado pela porta da cozinha, mas não havia provas. Além disso, a ausência de qualquer sinal de violência ou envenenamento os deixou sem chão. Um caso curioso, não é mesmo? E tem mais uma coisa, algo que não lhe contei. Acontece que conheço um dos médicos que foi consultado em relação à causa da morte. Algum tempo depois do inquérito, encontrei-me com ele e perguntei sobre o caso: 'Você está mesmo me dizendo que o caso o deixou perplexo e que realmente não sabe do que aquele homem morreu?', foi o que perguntei. Ele respondeu: 'Ora, mas sei exatamente a causa da morte. O "indivíduo" morreu de medo, do mais absoluto e medonho terror. Jamais vi feições tão horrivelmente distorcidas em todo o meu tempo de prática médica, e olhe que já contemplei os rostos de hordas e mais hordas de mortos'. O médico costumava ser um sujeito plácido, mas ele comentou sobre o caso demonstrando certa veemência, algo que me surpreendeu. Porém, não consegui extrair mais nada dele. Imagino que o Ministério Público não tenha encontrado uma forma de processar os Herbert por matar um homem de medo. Em todo caso, nada aconteceu e o caso logo caiu no esquecimento. Por acaso sabe alguma coisa sobre Herbert?"

"Bem, ele é um velho colega de faculdade", Villiers comentou.

"Não me diga! Já viu a mulher dele?"

"Não, não tive a oportunidade. Faz anos que perdi contato com Herbert."

"Estranho, não é? Separar-se de um camarada aos portões da universidade e não ouvir nada a respeito dele por anos, para então se deparar com o sujeito metido em um caso tão peculiar. Mas eu gostaria de ter visto a sra. Herbert. As pessoas dizem coisas extraordinárias a respeito dela."

"Que tipo de coisas?"

"Olha, mal sei como explicar. Todos que a viram no tribunal afirmaram que ela era ao mesmo tempo a mulher mais linda e a mais repulsiva que já tinham visto. Conversei com um homem que a viu e lhe garanto que ele estremeceu ao tentar descrevê-la, embora não soubesse dizer por quê. Ela parece um tipo de enigma. Imagino que se aquele homem morto fosse capaz de contar histórias, teria dito coisas bem estranhas. E aqui temos outro enigma: o que um cavalheiro interiorano respeitável como o sr. Indivíduo (vamos chamá-lo assim, caso não se importe) estaria fazendo na estranha casa de número 20? Trata-se de um caso bastante peculiar, não acha?"

"De fato, Austin, trata-se de um caso extraordinário. Quando lhe perguntei sobre o meu velho amigo, não imaginei que me depararia com algo tão particular. Bem, agora preciso ir. Boa noite."

Villiers foi embora, ponderando a respeito daquela comparação com caixas chinesas. Era certamente um enigma refinado.

«—ARTHUR MACHEN—»

IV
A DESCOBERTA
NA PAUL STREET

lguns meses após Villiers topar com Herbert, o sr. Clarke se encontrava acomodado diante da lareira após o jantar, como de costume, determinado a impedir que suas divagações o conduzissem à escrivaninha. Havia conseguido ficar longe das *Memórias* por mais de uma semana e acalentava esperanças de uma mudança de hábitos completa. No entanto, apesar do esforço, não era capaz de conter o espanto e a estranha curiosidade que o último caso registrado despertara nele.

Tinha apresentado o caso, ou melhor, um esboço do caso, de forma hipotética a um amigo, um cientista, que balançara a cabeça em sinal de desaprovação, considerando-o cada vez mais estranho. Naquela noite em particular, Clarke fazia um esforço para racionalizar a história, quando uma batida repentina à porta o arrancou do mundo dos devaneios.

"O sr. Villiers está aqui para vê-lo, senhor."

"Ora, que gentileza a sua me visitar. Não o via há meses, acho que quase há um ano. Entre, entre. Como anda, Villiers? Gostaria que eu lhe fizesse algumas recomendações sobre investimentos?"

"Não, Clarke, obrigado. Acredito que meus negócios vão bem. Na verdade, vim porque gostaria de saber o que pensa sobre um assunto um tanto curioso que recentemente atraiu minha atenção. Contarei a história, mas temo que você vá considerar tudo bastante absurdo. Às vezes, eu mesmo chego a essa conclusão. No entanto, foi exatamente por isso que decidi procurá-lo, pois sei que você é um homem prático."

Villiers nada sabia a respeito das *Memórias que Visam Atestar a Existência do Diabo*.

"Bem, Villiers, ficarei feliz em dar-lhe minha opinião. Farei o melhor que puder. Qual a natureza do caso?"

"Trata-se de algo de fato extraordinário. Você conhece meus hábitos, sempre estou atento ao que acontece nas ruas e já vislumbrei uma miríade de indivíduos e coisas estranhas. Mas esse supera a todos. Três meses atrás, eu saía de um restaurante em uma sórdida noite de inverno; tivera um excelente jantar na companhia de uma garrafa de Chianti e, por um momento, estaquei na calçada, refletindo sobre os mistérios que assombram as ruas de Londres, assim como sobre as figuras que por elas passam. Uma garrafa de vinho tinto encoraja esse tipo de devaneio, Clarke. Inclusive ouso afirmar que eu já havia composto incontáveis litanias quando fui interpelado por um mendigo. Ele abordou-me pelas costas, fazendo os pedidos costumeiros. É claro que me virei, e o pedinte acabou se revelando um velho amigo, ou, melhor dizendo, o que restava de um velho amigo chamado Herbert. Questionei-o sobre como ele decaíra a tal estado miserável. Perambulamos para cima e para baixo por uma daquelas longas e escuras ruas do Soho e ali ele me contou toda a história. Disse-me que havia casado com uma linda garota, alguém alguns anos mais jovem do que ele. Porém, segundo ele afirma, ela corrompeu seu corpo e sua alma. Não me deu detalhes, afirmando que não ousava, que o que ele tinha visto e ouvido o assombrava dia e noite e, quando fitei o seu rosto, tive certeza de que me dizia a verdade. Alguma coisa a respeito dele me dava arrepios. Não sei o quê, mas era algo perceptível. Dei-lhe algum dinheiro, então me despedi. Mas digo-lhe que, quando ele se foi, respirei aliviado. Sua presença era de gelar o sangue."

"Não acha tudo isso um tanto fantasioso, Villiers? Imagino que esse pobre coitado tenha feito um acordo pré-nupcial descuidado e que, sendo sincero, só tenha se dado mal."

"Bem, então escute isso." Villiers contou a Clarke a história que ouvira de Austin.

"Vê? Não há sombra de dúvida de que esse sr. Indivíduo, quem quer que fosse, morreu de puro terror", concluiu. "Ele viu algo tão medonho, tão terrível, que sua vida foi ceifada. E, o que quer que tenha visto, ele certamente viu naquela casa, que, de um jeito ou de outro, tinha má reputação na vizinhança. Fui curioso o bastante para ir até lá e dar uma olhada no lugar. A rua é daquele tipo deprimente, as casas são antigas demais, decadentes e sombrias, embora não sejam velhas o bastante para ter uma aparência antiquada e peculiar. Pelo que pude notar, a maioria delas é alugada por cômodos, mobiliados ou não, visto que quase todas as portas exibem cerca de três campainhas. Aqui e acolá, os térreos são ocupados por lojas das mais ordinárias. É uma rua triste e sombria em todos os sentidos. Descobri que a casa de número 20 estava para alugar, então procurei o agente e consegui a chave. É claro que eu provavelmente não ouviria qualquer comentário a respeito dos Herbert naquele bairro, mas, sem muitos rodeios, perguntei ao agente há quanto tempo eles haviam deixado a casa e se houvera outros inquilinos nesse meio-tempo. Ele fitou-me por um instante, depois me disse que os Herbert haviam partido imediatamente após o 'incidente desagradável', como ele chamou, e que o lugar ficou vazio desde então."

O sr. Villiers fez uma pausa.

"Sempre apreciei visitar casas desocupadas. Há algo de fascinante nos quartos desolados e vazios, nos pregos salientes, na grossa camada de poeira que se acumula no peitoril das janelas. Mas entrar na casa de número 20 da Paul Street não foi aprazível para mim. Mal tinha posto os pés no vestíbulo, quando notei a atmosfera estranha e densa que permeava o lugar. Claro que todas as casas vazias costumam ser um tanto abafadas, mas aquilo era diferente. Não sei como descrever, mas era algo que parecia tirar o meu fôlego.

"Fui à sala de estar, ao cômodo dos fundos e à cozinha: tudo muito sujo e empoeirado, como era de se esperar. Entretanto, havia algo peculiar a respeito daqueles lugares. Não sei como definir; tudo o que sei é que eu me senti estranho. A impressão era pior em um dos quartos do primeiro andar. O lugar era amplo e já devia ter sido alegre, mas, quando pus meus olhos nele, a pintura, o papel de parede, tudo ali era lúgubre. E estava carregado de horror. Senti meus dentes rangerem quando levei a mão à maçaneta e, assim que entrei, achei que desmaiaria. Mas me recompus e apoiado à parede, questionei-me sobre o que diabos havia naquele quarto que fazia minhas pernas tremerem e meu coração bater como se eu estivesse à beira da morte. Havia uma pilha de jornais em um canto. Eu os examinei. Eram datados de três ou quatro anos atrás; alguns estavam rasgados, outros amassados, como se tivessem sido usados para empacotar a mudança. Revirei por toda a pilha e deparei-me com uma curiosa ilustração. Mostrarei a você em breve. Não fui capaz de permanecer naquele quarto por muito mais tempo, senti que o lugar me sobrepujava. Vi-me agradecido por sair são e salvo porta afora, então segui meu caminho. As pessoas me encaravam, e um homem chegou a dizer que eu estava bêbado. Eu cambaleava de um lado ao outro da calçada, e aquilo era o melhor que podia fazer. Mas consegui devolver a chave ao agente e voltar para casa.

"Fiquei de cama por uma semana, sofrendo do que o médico chamou de choque nervoso e exaustão. Em um daqueles dias, enquanto lia o jornal da noite, acabei notando uma notícia intitulada 'Morte por Inanição', que retratava a questão da maneira usual: uma pensão respeitável em Marylebone, uma porta trancada por dias a fio e, assim que o cômodo foi arrombado, um homem morto sentado em uma cadeira. 'O falecido', a nota dizia, 'era conhecido como Charles Herbert e acredita-se que houvesse sido um próspero proprietário de terras. Há três anos, seu nome tornara-se conhecido do público, associado a uma morte misteriosa na Paul Street, Tottenham Court Road. Na época, o falecido era inquilino da casa de número 20, no pátio da qual um cavalheiro de boa reputação fora encontrado morto sob circunstâncias não desprovidas de suspeita.' Um fim trágico, não? No final das contas, se o que ele me disse era verdade, e acredito que era, a vida desse sujeito foi realmente uma tragédia, mais estranha do que qualquer outra encenada nos palcos."

"E essa é a história, então?", Clarke disse pensativo.

"Sim, essa é a história."

"Sendo sincero, Villiers, mal sei o que dizer. Não há dúvidas de que algumas das circunstâncias relativas ao caso parecem peculiares. Por exemplo, o fato de um cadáver ter sido encontrado no pátio da casa de Herbert, assim como a extraordinária opinião do médico referente à causa da morte. No entanto, seria possível explicar esse caso de maneira bastante prática. No que concerne às impressões que teve ao visitar a casa, eu sugeriria que são produto de uma imaginação vívida. Em um nível subjetivo, você provavelmente andava remoendo o que tinha ouvido. Não sei precisar o que mais pode ser dito ou feito a respeito desse caso. Você evidentemente considera que existe um mistério por trás de tudo isso. Mas Herbert está morto, então onde propõe investigar?"

"Sugiro que procuremos pela mulher, a com quem ele se casou. *Ela* é o mistério."

Os dois homens permanecerem em silêncio diante da lareira. Clarke parabenizava-se em segredo por ter desempenhado de forma satisfatória o papel de advogado do senso comum. Villiers estava embrenhado em seus devaneios sombrios.

"Acho que vou fumar um cigarro", Clarke disse por fim, levando a mão ao bolso em busca da cigarreira.

"Ah, esqueci que tinha algo para lhe mostrar", Villiers disse sobressaltado. "Eu comentei que encontrei um curioso esboço entre os jornais velhos na casa da Paul Street, lembra-se? Aqui está."

Villiers retirou um pequeno embrulho do bolso. Estava envolto em papel pardo e amarrado por um barbante em nós complexos. Um tanto a contragosto, Clarke se sentiu curioso e inclinou-se para frente na cadeira. Villiers desfez os nós com dificuldade e desdobrou o papel pardo, revelando um segundo embrulho, este feito com um lenço. Villiers desdobrou o tecido e, sem dizer palavra, entregou a Clarke um diminuto pedaço de papel.

Um silêncio sepulcral caiu sobre a sala por cinco minutos, ou mais. Os dois permaneciam tão inertes que era possível ouvir o tique-taque de um antiquado relógio de pêndulo que ficava no corredor do lado de fora. A monotonia daquele som despertou uma memória distante na mente de um deles. Ele fitava atento ao pequeno esboço a bico de pena do rosto de uma mulher; a ilustração fora feita por um verdadeiro artista, empregando evidente apuro, pois se via a alma da mulher por trás dos olhos de tinta; além disso, os lábios se mostravam entreabertos em um sorriso peculiar. Clarke observava estático aquele rosto, que lhe trouxe à memória a imagem de uma longínqua noite de verão. Ele via outra vez aquele vale adorável, o rio serpenteando entre as colinas, as pradarias e milharais, o sol vermelho e opaco e a pálida e frígida neblina ascendendo das águas. Ele ouviu uma voz falar com ele através das ondas de anos incontáveis, e ela dizia: "Clarke, Mary verá o deus Pã!". Então ele se viu naquele salão sombrio ao lado do médico, escutando o pesado tique-taque do relógio, esperando e observando a figura que jazia naquela nauseante cadeira sob a lamparina. Mary se empertigou e o fitou direto nos olhos, então seu coração se enregelou.

"Quem é essa mulher?", perguntou, por fim, com a voz seca e rouca.

"Essa é a mulher com quem Herbert se casou."

Clarke fitou o esboçou outra vez. Afinal, não se tratava de Mary. Aquele era com certeza o rosto da moça, mas havia algo mais, algo que ele não vira em suas feições nem quando ela entrara no laboratório vestida de branco, nem durante o terrível despertar, nem quando ela jazia ensandecida naquela cama. O que quer que fosse — o cintilar daqueles olhos, o sorriso nos lábios carnudos, a expressão daquele rosto —, fez com que Clarke estremecesse, e o sentido daquilo insinuou-se até os recantos mais íntimos de sua alma. Ele relembrou, como que por instinto, as palavras do dr. Phillips: "a mais vívida impressão do mal que eu já senti". Então virou o retrato para analisar o verso.

"Meu Deus! Clarke, o que foi? Você está pálido feito um cadáver."

Villiers levantou-se sobressaltado e Clarke recostou-se em um gemido, deixando o retrato cair ao chão.

"Não me sinto muito bem, Villiers. Estou sujeito a episódios como esse. Sirva-me uma taça de vinho. Obrigado, isso deve resolver. Vou me sentir melhor em alguns minutos."

Villiers juntou a ilustração e fitou o verso, como Clarke fizera.

"Foi isso que você viu?", ele inquiriu. "Foi graças a isso que descobri que este é um retrato da esposa de Herbert. Ou devo dizer viúva? Como você está se sentindo?"

"Melhor, obrigado. Foi apenas uma fraqueza passageira. Não tenho certeza se entendi o que quer dizer. O que foi que lhe permitiu identificar o retrato?"

"O nome 'Helen' está grafado atrás da ilustração. Não lhe disse que o nome dela era Helen? Helen Vaughan?"

Clarke soltou um lamento, não havia qualquer sombra de dúvida.

"Bem, não concorda que existam alguns elementos estranhos na história que lhe contei, assim como no papel que essa mulher desempenha nela?", Villiers inquiriu.

"Sim, Villiers", Clarke murmurou. "Sem dúvida, trata-se de uma história estranha, bastante estranha. Necessito de tempo para refletir sobre o assunto. Talvez seja capaz de ajudá-lo, talvez não. Precisa ir? Pois então boa noite, Villiers. Boa noite. Venha me visitar daqui a uma semana."

V
UMA CARTA DE ACONSELHAMENTO

abe de uma coisa, Austin?", Villiers disse, enquanto os dois amigos passeavam despreocupados por Piccadilly em uma agradável manhã de maio. "Estou convencido de que o que você me contou a respeito da Paul Street e de Herbert seja apenas um capítulo de uma história extraordinária. Também gostaria de confessar que quando lhe perguntei sobre Herbert, alguns meses atrás, eu tinha acabado de vê-lo."

"Você o viu? Onde?"

"Na rua, ele me pediu esmola certa noite. Encontrava-se em condições lamentáveis, mas o reconheci, então pedi que me contasse sua história, ou ao menos um resumo dela. Em suma, ele foi arruinado pela esposa."

"Em que sentido?"

"Ele não me contou. Mas garantiu que ela lhe arruinara o corpo e a alma. E agora está morto."

"O que aconteceu com a esposa?"

"Bem que eu gostaria de saber, mas pretendo encontrá-la mais cedo ou mais tarde. Conheço um homem chamado Clarke, um sujeito cético, por certo, mas um homem de negócios assaz judicioso. Você sabe o que quero dizer, não se trata de um sujeito judicioso no sentido objetivo do termo, e sim de um sujeito que realmente compreende os homens e as coisas da vida. Bom, apresentei o caso a ele, que evidentemente se mostrou impressionado. Ele comentou que precisava refletir sobre o assunto e pediu-me que o visitasse outra vez dentro de uma semana. Alguns dias depois, recebi esta estranha carta."

Austin segurou o envelope, abriu-o e pegou a carta, então a leu com curiosidade. Lia-se o seguinte:

Caro Villiers,

Ponderei a respeito do caso sobre o qual você me consultou uma noite dessas. Aconselho que faça o seguinte: jogue o retrato no fogo e esqueça essa história. Pare de pensar nisso, Villiers, ou acabará se arrependendo. Sem dúvida há de pensar que eu possuo alguma informação sigilosa e, em certo sentido, isso é verdade; ainda assim, sei muito pouco. Sou como um viajante que perscrutara o abismo e agora recua horrorizado. Sei de coisas estranhas e terríveis, mas existem outras que estão além do meu conhecimento: profundezas e horrores ainda mais medonhos e inacreditáveis do que qualquer história contada diante da lareira em uma noite de inverno. Decidi — e nada pode me fazer mudar de ideia — que não investigarei nem a mais ínfima questão relacionada a esse caso. Se valoriza o seu bem-estar, tomará a mesma decisão.

De qualquer forma, venha me visitar. Mas trataremos de assuntos mais alegres.

Austin dobrou a carta de maneira metódica e devolveu-a a Villiers. "A carta é mesmo peculiar", comentou. "De que retrato ele está falando?"

"Ah, esqueci de mencionar que fui até a casa na Paul Street e que fiz uma descoberta."

Villiers contou a história a Austin assim como havia contado a Clarke. O outro ouviu em silêncio, parecendo intrigado.

"É bastante curioso que tenha experienciado uma sensação tão desagradável naquele quarto. De fato, não creio que tenha se deixado levar pela imaginação", ele disse por fim. "Em resumo, foi uma sensação de repulsa."

"Não, foi mais físico do que mental. Como se a cada fôlego eu inalasse um tipo de emanação letal, algo que se insinuava por todos os nervos, ossos e tendões do meu corpo. Senti-me completamente exaurido, meus olhos embaçaram. Foi como dar o primeiro passo em direção à morte."

"Sim, sim, certamente estranho. Veja só, o seu amigo admitiu que essa mulher está ligada a uma história sombria. Você notou alguma reação em particular quando contou a história a ele?"

"Sim, notei. Ele foi acometido por um tipo de fraqueza, mas me garantiu que não passava de um episódio passageiro, fruto de uma condição que o aflige."

"Você acredita nele?"

"Acreditei naquele momento, mas não mais. Ele ouviu tudo o que eu tinha a dizer de um jeito um tanto indiferente. Mas quando lhe mostrei o retrato, ele foi assaltado pelo já mencionado episódio de fraqueza. Juro que empalideceu."

"Então já deve ter visto essa mulher. Mas talvez haja outra explicação: ele pode muito bem ter reconhecido o nome, e não o rosto. O que acha?"

"Não sei dizer. Pelo que pude notar, foi depois de ler o verso do retrato que ele quase despencou da cadeira. O nome, como você notou, está escrito nele."

"Sim, sim. No fim das contas, é impossível tirar qualquer conclusão de um caso como esse. Odeio melodrama e nada me parece mais banal e tedioso do que aquelas histórias de horror ordinárias e comerciais. Mas, certamente, Villiers, parece que existe algo muito estranho por trás disso tudo."

Os dois homens viraram a esquina sem se dar conta, pegando a Ashley Street, que seguia para o norte, partindo de Piccadilly. Era uma rua longínqua e um tanto sombria, mas, aqui e ali, algum indivíduo de disposição mais vívida havia iluminado as casas escuras com flores, cortinas alegres e pinturas joviais. Austin se calou e Villiers ergueu o rosto, fitando uma dessas casas. Gerânios vermelhos e brancos pendiam dos peitoris e cortinas cor de narciso emolduravam as janelas.

"Parece alegre, não é mesmo?", afirmou.

"Sim, o interior é ainda mais aprazível. Uma das casas mais agradáveis da temporada, pelo que ouvi dizer. Não estive lá pessoalmente, mas conhecidos a visitaram e a acharam deveras animada"

"De quem é essa casa?"

"De uma tal de sra. Beaumont."

"E quem é ela?"

"Não sei dizer. Ouvi rumores que veio da América do Sul. Mas, no fim das contas, quem ela é não é tão relevante. Trata-se de uma mulher riquíssima, certamente, e foi criada por pessoas de ótima estirpe. Ouvi dizer que costuma servir um *bordeaux* maravilhoso, um vinho sem dúvida fabuloso e que deve custar uma soma ainda mais fabulosa. Lorde Argentine me contou que a visitou no último domingo à noite. Ele me garantiu que jamais provara um vinho como aquele, e Argentine, como você deve saber, é um especialista. A propósito, lembrei-me de uma coisa; essa sra. Beaumont deve ser uma mulher um tanto excêntrica. Argentine perguntou a idade daquele vinho e sabe o que ela respondeu? 'Acredito que tenha cerca de mil anos.' Ele supôs que ela estava zombando dele, sabe? Mas, quando ele riu, ela disse que falava sério, muito sério, oferecendo-se para mostrar-lhe a ânfora. É claro que ele não foi capaz de dizer mais nada depois disso, mas a data parece antiga demais para qualquer bebida, não acha? Bom, chegamos aos meus aposentos. Gostaria de entrar?"

"Obrigado, acho que aceitarei seu convite. Faz um bom tempo que não vejo uma loja de curiosidades."

O cômodo apresentava uma mobília suntuosa, ainda que peculiar; cada vaso, estante e mesa, cada peça de tapeçaria, garrafa de bebida e ornamento parecia uma coisa à parte das outras, preservando sua individualidade.

"Alguma novidade?", Villiers perguntou depois de um momento.

"Não, acho que não. Você já tinha visto essas ânforas um tanto peculiares, não tinha? Imaginei. Acredito que não tenha encontrado nada notável nas últimas semanas."

Austin deu uma olhada pela sala, perscrutando por cada guarda-louças e por cada prateleira em busca de uma nova curiosidade. Por fim, seu olhar encontrou um estranho baú, adornado por belos e exóticos entalhes, que jazia em um canto sombrio da sala.

"Ah, quase me esqueci", comentou. "Tenho algo a lhe mostrar."

Austin destrancou o baú, pegou um espesso volume *in-quarto* e acomodou-o sobre a mesa, então retomou o charuto que havia deixado de lado.

"Villiers, conhece Arthur Meyrick, o pintor?"

"Um pouco. Topei com ele duas ou três vezes na casa de amigos. Que fim ele levou? Faz um bom tempo que não ouço seu nome ser mencionado."

"Ele faleceu."

"Não me diga! Era jovem, não era?"

"Sim, tinha apenas 30 anos quando morreu."

"Do que ele morreu?"

"Não sei. Mas éramos amigos íntimos e ele era um bom sujeito. Costumava me visitar, nós conversávamos por horas a fio, sempre ótimo de conversa, o melhor que conheci. Inclusive era capaz de discorrer sobre pintura, o que é mais do que posso dizer da maioria dos pintores. Cerca de um ano e meio atrás, ele estava se sentindo sobrecarregado de trabalho e, em parte por sugestão minha, acabou partindo em uma espécie de viagem sem rumo certo, pois não havia um destino definitivo nem um objetivo específico. Acredito que faria uma primeira parada em Nova York, mas perdi o contato com ele. Três meses atrás, recebi este livro acompanhado de uma carta bastante cortês, remetida por um médico inglês que atua em Buenos Aires. O médico afirma que atendeu o falecido sr. Meyrick durante sua enfermidade e que ele expressou o sincero desejo de que o pacote contendo o livro fosse enviado a mim após sua morte. Isso é tudo."

"Não escreveu a ele pedindo mais detalhes?"

"Tenho pensado nisso. Você me aconselha a escrever ao médico?"

"Com certeza. E quanto ao livro?"

"Estava selado quando o recebi. Não acho que o médico o tenha visto."

"Por acaso se trata de alguma raridade? Talvez Meyrick fosse um colecionador."

"Não, creio que não. Além disso, ele dificilmente poderia ser chamado de colecionador. Mas o que acha dessas peças de cerâmica Ainu?"

"Exóticas, mas gostei. Você não estava prestes a me mostrar o legado do pobre Meyrick?"

"Sim, sim, claro. Acontece que o livro é um tanto atípico e ainda não o mostrei a ninguém. Não comentaria a respeito dele se fosse você. Aqui está."

Villiers pôs as mãos no livro e abriu-o ao acaso. "Então é um volume ilustrado?", perguntou.

"Não exatamente, trata-se de uma coleção de ilustrações em preto e branco feita pelo coitado do meu amigo."

Villiers folheou para a primeira página. Estava em branco. Na segunda havia uma breve epígrafe:

> *Silet per diem universus, nec sine horrore secretus est; lucet nocturnis ignibus, chorus Ægipanum undique personatur: audiuntur et cantus tibiarum, et tinnitus cymbalorum per oram maritimam.* [*]

Na terceira página havia uma composição que fez Villiers se sobressaltar. Ele fitou Austin, mas o outro olhava distraído pela janela. Então virou página por página, surpreso e absorto diante da visão da terrível e maléfica Noite de Santa Valburga e de todas as monstruosidades perversas que o falecido artista havia criado em preto e branco. Imagens de faunos e sátiros e egipãs dançavam diante de seus olhos; e a dança nas trevas das matas, no topo da colina, por costas remotas, por vinhedos verdejantes e lugares desérticos; via tudo isso diante de si: um mundo

---

[*] A costa repousa silente durante as horas diurnas, mas oculta coisas que fazem o corpo estremecer: fogueiras ardem durante a noite e um coro de egipãs cantando e tocando flautas e címbalos ressoa por toda a orla do mar.

que fazia o espírito humano estremecer e fraquejar. Villiers folheou furiosamente as páginas restantes. Ele já tinha visto o bastante, mas, ao fechar o livro, a ilustração na última página saltou-lhe aos olhos.

"Austin!"

"O que foi?"

"Sabe quem é aquela?"

Era um rosto de mulher traçado sobre o papel.

"Não, claro que não. Você sabe?"

"Sei."

"Quem é?"

"A sra. Herbert."

"Ora, tem certeza disso?"

"Tenho absoluta certeza. Coitado do Meyrick, é mais um capítulo da história dela."

"O que achou das ilustrações?"

"São horrendas. Trancafie esse livro outra vez, Austin. Se fosse você, eu o queimaria. É uma companhia terrível, mesmo dentro daquele baú."

"Sim, são ilustrações singulares. Mas me pergunto de que forma a sra. Herbert poderia estar relacionada a Meyrick ou a essas ilustrações."

"Ah, quem saberia dizer? Seria possível que a questão se encerrasse aqui e que jamais soubéssemos. No entanto, em minha opinião, essa tal Helen Vaughan, ou sra. Herbert, bem, acredito que seja apenas o começo de uma longa história. Ela voltará a Londres, Austin, pode ter certeza de que voltará. Então ouviremos falar nela outra vez, mas duvido que as notícias serão aprazíveis."

«-ARTHUR MACHEN-»

VI

OS SUICÍDIOS

orde Argentine lograva de grande estima na sociedade londrina. Até os 20 anos, foi pobre, alguém agraciado com um sobrenome ilustre, mas forçado a ganhar a vida a partir dos próprios meios. O mais especulativo dos prestamistas não lhe teria confiado sequer 50 libras, mesmo que a proposta envolvesse a possibilidade de que ele trocasse o nome e o título — e assim também a pobreza — por uma grande riqueza. Seu pai tinha sido um sujeito quase afortunado e conseguira até garantir uma boa renda à família, algo que o filho, mesmo que tivesse sido ordenado, dificilmente teria conseguido. Além disso, ele tampouco sentia vocação para a vida eclesiástica. Assim, digladiara contra o mundo munido apenas de um bacharelado e da sagacidade típica do neto do caçula de uma família, determinado a pelejar com vontade. Aos vinte e cinco, o sr. Charles

Aubernon ainda se encontrava entravado em suas empreitadas e contendas contra o mundo, mas, das sete pessoas que havia entre ele e as graças e heranças familiares, só restavam três. Esses três indivíduos em questão levavam vidas aventureiras, e não eram imunes às azagaias dos Zulus ou à febre tifoide. Então, certa manhã, Aubernon acordou e descobriu-se lorde Argentine, um homem de 30 anos que havia encarado e sobrepujado as adversidades da vida. A situação o encheu de contentamento e ele determinou-se a encontrar tanto prazer na riqueza quanto tinha encontrado na pobreza. Depois de alguma reflexão, Argentine concluiu que o jantar, considerado uma arte, era provavelmente a atividade mais prazerosa disponível à decaída humanidade. Assim, seus jantares se tornaram famosos em Londres e todos cobiçavam um convite para sentar-se à sua mesa. Depois de dez anos de fidalguia e refeições, Argentine ainda se recusava a se entregar ao tédio, e ainda se mostrava decidido a desfrutar da vida e, como resultado disso, ficara conhecido por ser a causa do deleite alheio, a mais aprazível das companhias. Por isso sua repentina e trágica morte causou intensa comoção. As pessoas mal conseguiam acreditar, mesmo lendo a notícia nos jornais e ouvindo os vendedores bradando nas ruas: "A Misteriosa Morte de um Nobre". Também havia uma notícia breve:

Lorde Argentine foi encontrado morto em circunstâncias aflitivas esta manhã. Ele foi descoberto por seu valete. Segundo comentários, não há dúvidas de que o nobre cometeu suicídio, embora as razões que desencadearam o ato sejam desconhecidas. O falecido aristocrata era amplamente conhecido na sociedade, sendo estimado devido à cordialidade e à suntuosa hospitalidade. Ele será sucedido por —

Aos poucos, alguns detalhes vieram à tona, ainda que o caso permanecesse um mistério. A principal testemunha do inquérito foi o valete do falecido, que afirmou que na noite anterior à sua morte, lorde Argentine havia jantado com uma senhora de boa posição social, cujo nome foi suprimido das publicações dos jornais. Às onze da noite, ele retornou e informou o criado de que não necessitaria de seus serviços até a manhã seguinte. Um pouco mais tarde, o valete cruzou ao acaso pela sala principal e, não sem surpresa, viu o nobre saindo silenciosamente pela porta da frente. Ele havia tirado os trajes formais e agora vestia um casaco de *tweed*, calças curtas e um chapéu simples. O rapaz não tinha qualquer razão para supor que lorde Argentine o tivesse visto e considerou que o nobre raramente madrugava. Mas não deu importância àquilo até a manhã seguinte, quando bateu à porta do quarto às dez para as nove, como de costume, e não obteve qualquer resposta. Depois de bater por duas ou três vezes, ele entrou no quarto, deparando-se com o corpo de lorde Argentine inclinado de forma angulosa aos pés da cama. Ele notou que o nobre havia amarrado uma corda com firmeza a uma das colunas do dossel da cama, feito um nó corrediço e passado a forca pelo pescoço, então o desafortunado sujeito devia ter se projetado para frente com boa determinação e, lentamente, morrido enforcado. Usava os mesmos trajes informais nos quais o valete o vira sair. O médico atestou que a vida lhe havia deixado o corpo há mais de quatro horas. Todos os documentos, cartas e afins pareciam em perfeita ordem e não havia nada que, mesmo da maneira mais remota, sugerisse qualquer tipo de escândalo. Era nesse ponto que as evidências mirravam. Nada mais pôde ser descoberto. Diversas pessoas estiveram presentes no último jantar atendido por lorde Argentine e todas comentaram que ele demonstrara a típica cordialidade e bom humor. De fato, o valete afirmou que o nobre parecia mais animado que de costume quando voltou para casa, mas também confessou que essa era uma alteração sutil nos modos do sujeito, algo dificilmente distinguível. Ao que parecia, era inútil tentar encontrar novas pistas e a hipótese de que lorde Argentine fora acometido por uma repentina "tendência suicida" foi amplamente aceita.

No entanto, as coisas começaram a mudar quando, dentro de três semanas, outros três cavalheiros, um nobre e dois que contavam com prestígio social e amplos recursos, pereceram miseravelmente, de maneira quase idêntica. O lorde Swanleigh foi encontrado pela manhã em seu quarto de vestir, pendurando em uma cavilha rente à parede; o sr. Collier-Stuart e o sr. Herries escolheram o mesmo método de lorde Argentine. Não havia explicação para nenhum dos casos, nada mais do que algumas informações insignificantes — um homem vivo durante a noite e um morto de rosto inchado pela manhã. A polícia já havia sido obrigada a confessar-se incapaz de prender o culpado ou mesmo de resolver os sórdidos assassinatos de Whitechapel,* e agora estava estupefata diante dos terríveis suicídios de Piccadilly e Mayfair, pois até mesmo o elemento da brutalidade, que servira de explicação para os crimes de East End, estava ausente dos casos de West End. Assim, o comparativo não tinha serventia. Cada um desses homens que se determinara a morrer uma morte sôfrega e vergonhosa era rico, próspero e, sob todos os aspectos, apaixonado pela vida. Nem a mais acurada investigação conseguia descobrir sequer a sombra de um motivo à espreita. Havia um sentido de horror pairando no ar. Os homens encaravam uns aos outros quando se encontravam, um ponderando se o outro se revelaria a quinta vítima daquela tragédia inominada. Jornalistas procuraram em seus arquivos pessoais por artigos relacionados ou que oferecessem alguma luz ao caso, mas não obtiveram sucesso. Em diversos domicílios o jornal da manhã era aberto sob uma atmosfera de temor — ninguém sabia quando ou onde ocorreria a próxima tragédia.

Um tempo depois do último desses terríveis eventos, Austin visitou o sr. Villiers. Ele estava curioso para saber se Villiers tinha sido capaz de descobrir novas pistas sobre o paradeiro da sra. Herbert, quem sabe por meio de Clarke ou de outras fontes. Foi direto ao ponto, questionando-o assim que se sentou.

"Não, escrevi a Clarke, mas ele parece determinado a não se envolver. Também tentei por outros canais, mas não obtive resultados", Villiers disse. "Não consigo descobrir o que aconteceu com Helen Vaughan depois que ela partiu da Paul Street, embora acredite que ela tenha saído do país. Para dizer a verdade, Austin, não dei muita atenção ao assunto nas últimas semanas. Era amigo íntimo do pobre Herries e fiquei abalado por sua morte prematura, imensamente abalado."

"É compreensível", Austin respondeu com seriedade. "Sabe, Argentine era meu amigo. Se bem me lembro, nós dois falávamos dele no dia em que acabamos a caminhada em meus aposentos."

---

* [N.E.] Trata-se dos famosos crimes cometidos por Jack, o Estripador.

"Sim, em relação àquela casa na Ashley Street, a casa da sra. Beaumont. Você comentou que Argentine havia jantado lá."

"Certamente, imagino que saiba que foi lá que Argentine jantou na noite anterior", ele hesitou, "anterior à sua morte."

"Não, não ouvi nada a respeito disso."

"Ah, claro. Essa informação foi omitida das notícias, no intuito de poupar a sra. Beaumont. Ela tinha Argentine em grande estima e dizem que ficou arrasada depois do que aconteceu."

Uma expressão curiosa surgiu no rosto de Villiers. Ele parecia incerto se devia ou não dizer o que pensava. Austin recomeçou:

"Eu nunca havia sentido um horror tão intenso quanto o que senti quando li a notícia da morte de Argentine. Na hora, não compreendi, e de fato ainda não compreendo. Eu o conhecia bem, mas não tenho qualquer noção do motivo pelo qual ele, ou mesmo qualquer um dos outros, poderia ter decidido morrer de forma tão inclemente e terrível. Você sabe muito bem que, em Londres, os homens adoram tagarelar sobre o caráter uns dos outros. Então tenha certeza de que, em um caso como esse, qualquer escândalo anteriormente suprimido ou esqueleto no armário teria vindo à tona. Mas nada disso aconteceu. Quanto à hipótese da 'tendência suicida', é claro que ela foi boa o bastante para o júri que ouviu o legista, mas todo mundo sabe que isso é um disparate. 'Tendência suicida' não é varíola."

Austin retraiu-se em um silêncio soturno. Villiers permaneceu quieto, observando o amigo. Ainda expressava aquela mesma indecisão; era como se ele pesasse os pensamentos em uma balança e as conclusões a que chegava ainda imprimissem nele o silêncio. Austin tentou se livrar das lembranças daquelas tragédias tão desoladoras e intrincadas quanto o labirinto de Dédalo, então passou a falar, em tom neutro, sobre os episódios e atividades mais aprazíveis da estação:

"Essa sra. Beaumont, de quem acabávamos de falar, já é muito estimada. Ela conquistou a sociedade londrina quase que de imediato. Eu a conheci uma noite dessas, na casa de Fulham. Certamente, é uma mulher notável."

"Você conheceu a sra. Beaumont?"

"Sim, tinha um séquito e tanto ao redor de si, e imagino que deva ser considerada uma beldade. Ainda assim, algo no rosto dela me deixou com uma impressão ruim. Ela tem feições exuberantes, mas expressões estranhas. Sempre que eu olhava para ela, e mesmo depois, quando ia para casa, tinha a curiosa sensação de que, em maior ou menor medida, aquela expressão me era familiar."

"Talvez a tenha visto na Rotten Row."

"Não, estou certo de que jamais havia posto os olhos naquela mulher. É isso que me deixa intrigado. Além disso, pelo que me recordo, nunca vi alguém como ela antes, pois ela me despertou a sensação de reviver uma espécie de lembrança vaga e longínqua; vaga, mas persistente. A única coisa comparável a isso é aquele sentimento peculiar que às vezes temos em sonhos, quando cidades fantásticas, terras maravilhosas e figuras fantasmáticas nos parecem familiares e corriqueiras."

Villiers assentiu e perscrutou distraído pela sala, talvez tentando encontrar alguma coisa que oferecesse um novo tópico à conversa. Seu olhar pousou sobre um velho baú, uma arca semelhante àquela que mantinha o estranho legado do artista falecido trancafiado atrás de uma fechadura dotada de ornamentos góticos.

"Você escreveu ao médico para pedir mais informações sobre Meyrick?", perguntou.

"Sim, pedi que me desse todos os detalhes sobre a doença e a morte do artista. Imagino que levará de três semanas a um mês para que eu receba uma resposta. Considerei que também seria válido questionar se Meyrick conhecia uma inglesa com sobrenome Herbert e, em caso positivo, se o médico poderia me dar alguma informação a respeito dela. Mas seria bem possível que Meyrick tivesse se aproximado dela em Nova York, no México ou em São Francisco. Não faço ideia do trajeto ou da distância que ele percorreu."

"De fato, e ainda seria possível que essa mulher tivesse mais de um nome."

"Exato. Queria que tivesse me ocorrido pedir-lhe o retrato dela emprestado. Eu poderia tê-lo incluído em minha missiva ao dr. Matthews."

"Então faça isso. Eu também não havia pensado nisso. Podemos enviá-lo agora mesmo. Mas, ouça, o que aqueles garotos estão dizendo?"

Enquanto os dois homens conversavam, uma confusão de gritos surgira nas ruas. Os brados vinham do leste, intensificando-se ao longo da Piccadilly e aproximando-se cada vez mais — uma verdadeira tormenta de som. As vozes emergiam em ruas habituadas à quietude, transformando cada janela na moldura de um rosto curioso ou espantado. Os clamores ecoavam pela rua silenciosa em que Villiers morava, tornando-se mais distintos à medida que avançavam. Logo após o alerta de Villiers, uma resposta ressoou da calçada:

"Horror em West End! Outro terrível suicídio! Temos todos os detalhes!"

Austin desceu a escada com pressa, retornando em posse de uma edição do jornal. Ele leu a notícia para Villiers em meio à intermitência do clamor nas ruas. A janela estava aberta e o ar parecia carregado de ruído e terror.

Outro cavalheiro caiu vítima da alarmante epidemia de suicídios que, durante o último mês, disseminou-se por West End. O sr. Sidney Crashaw, de Stoke House, Fulham, e de King's Pomeroy, Devon, foi encontrado a uma hora de hoje, depois de uma extensa busca, enforcado em uma árvore no jardim da própria casa. O falecido cavalheiro jantou no Carlton Club noite passada, demonstrando o costumeiro estado de espírito. Ele deixou o clube cerca de dez da noite e, mais tarde, foi visto caminhando langoroso pela St. James's Street. Seu paradeiro subsequente não pôde ser desvendado. Solicitou-se assistência médica logo após a descoberta do corpo, mas a vida já havia evidentemente se extinguido. Até onde se sabe, o sr. Crashaw não apresentava qualquer enfermidade ou angústia. Vale lembrar que esse triste suicídio foi o quinto do tipo desde o último mês. As autoridades da Scotland Yard são incapazes de oferecer qualquer explicação para essas penosas ocorrências.

Austin largou o jornal em mudo horror.

"Vou deixar Londres amanhã", ele disse. "A cidade vive um pesadelo. Isso é terrível, Villiers!"

O sr. Villiers sentava-se diante da janela, fitando a rua em silêncio. Ele ouvira atentamentea leitura da notícia e aquele ar de indecisão não se encontrava mais estampado em seu rosto.

"Acalme-se, Austin", ele respondeu. "Tomei minha decisão: preciso lhe contar algo que aconteceu ontem à noite. Segundo o jornal, Crashaw foi visto vivo pela última vez em St. James's Street logo depois das dez, certo?"

"Sim, acredito que sim. Vou checar de novo. Sim, você está correto."

"Imaginei. Bem, nesse caso, posso contradizer essa afirmação. Crashaw foi visto depois disso. Inclusive, era consideravelmente tarde."

"Como sabe disso?"

"Porque, por mero acaso, eu o vi por volta das duas da manhã."

"Você viu Crashaw? Você, Villiers?"

"Com bastante clareza. Por certo, estávamos a apenas alguns metros um do outro."

"Em nome de Deus, onde o viu?"

"Não muito longe daqui. Eu o vi em Ashley Street, logo após ele sair de uma casa."

"E você notou que casa era?"

"Era a casa da sra. Beaumont."

"Villiers, pense no que está dizendo. Deve haver algum engano. Por que Crashaw estaria na casa da sra. Beaumont às duas da manhã? Você deve ter sonhado com isso, sem sombra de dúvida. Sempre foi dado a devaneios."

"Não, eu estava desperto e alerta. Mesmo que estivesse sonhando, como você diz, o que vi teria sido o suficiente para me acordar."

"Mas o que você viu? Havia algo estranho com Crashaw? Mas não, não consigo acreditar. É impossível."

"Bem, se você quiser, posso contar o que vi ou, como você prefere, o que acho que vi. Depois você pode tirar as próprias conclusões."

"Muito bem, Villiers."

Os clamores na rua haviam arrefecido, ainda que, de quando em quando, ecos daqueles brados soassem à distância. O pesado silêncio que vinha em seguida se assemelhava à calmaria que sucede um terremoto ou uma tempestade. Villiers volveu-se da janela e disse:

"Ontem à noite, eu me encontrava em uma residência próxima a Regent's Park e, quando decidi partir, meus devaneios me impeliram a voltar a pé para casa em vez de tomar um cabriolé. A noite estava límpida e agradável e, depois de alguns momentos, notei que tinha a rua toda só para mim. Austin, é uma sensação curiosa essa de se estar sozinho em Londres à noite: as lamparinas a gás distendem as sombras; a quietude sepulcral; por vezes, o retinir de uma diligência sobre os paralelepípedos, as ferraduras dos cavalos faiscando no pavimento. Eu caminhava com considerável pressa, pois me sentia um tanto cansado de vagar pela noite. Quando os relógios bateram duas da manhã, virei na Ashley Street. Como você sabe, esse é o caminho que sempre faço. A rua estava mais quieta do que nunca e havia poucas lamparinas acesas, parecendo tão sombria e lúgubre quanto uma floresta no inverno. Eu já havia percorrido cerca de metade da rua quando ouvi uma porta se fechando com discrição. Naturalmente, voltei-me para ver quem é que, como eu, vagava errático àquela hora. Por acaso, havia um poste próximo à casa em questão, então vi um homem parado nos degraus. Tinha acabado de fechar a porta e estava com o rosto voltado para mim. Reconheci Crashaw no ato. Nunca fui próximo dele e jamais conversamos, mas eu o via com frequência e tenho certeza de que não estou enganado. Fitei seu rosto por um momento, então — bem, confessarei a verdade para você — disparei pela rua e não parei de correr até me encontrar dentro de minha própria casa."

"Mas por quê?"

"Por quê? Ora, porque ver o rosto daquele homem enregelou meu sangue. Eu jamais teria imaginado que olhos humanos seriam capazes de emanar tal panóplia de sentimentos infernais. Quase desmaiei ao encará-lo. Austin, eu sabia que havia contemplado o olhar de uma alma perdida. A forma exterior daquele homem permanecia intacta, mas havia um inferno dentro dele; vi um desejo furioso, um ódio que ardia feito fogo, a perda de toda e qualquer esperança, um horror que parecia grunhir para a noite — mesmo entre seus dentes cerrados — e as trevas irreparáveis do desespero. Estou certo de que ele não me viu; nós não seríamos capazes de ver o que ele via, e espero que nunca sejamos. Não sei quando morreu, imagino que tenha sido uma hora depois disso, talvez duas. Mas quando passei por Ashley Street e ouvi a porta se fechar, aquele homem já não pertencia mais ao mundo dos vivos. O que vi foi o rosto de um demônio."

Assim que Villiers parou de falar, se fez um longo silêncio. A luz do dia fenecia e o tumulto de uma hora atrás havia cessado. Austin havia curvado a cabeça após o final da história, cobrindo os olhos com as mãos.

"Qual o significado disso?", perguntou por fim.

"E quem sabe, Austin? Quem sabe? Trata-se de uma questão sombria, mas acredito que seja melhor sermos discretos, ao menos nesse momento. Vou tentar descobrir algo sobre aquela casa através de contatos prudentes e cautelosos. Caso encontre alguma informação útil, avisarei."

«–ARTHUR MACHEN–»

VII
ENCONTRO NO SOHO

rês semanas depois, Austin recebeu uma missiva de Villiers, pedindo-lhe que o visitasse naquela tarde ou na próxima. Ele decidiu ir ver o amigo o quanto antes. Encontrou Villiers sentado à janela, aparentemente perdido em divagações, fitando o tráfego moroso da rua. Havia uma mesa de bambu ao lado dele, um artefato magnífico, ornado por douramentos e pinturas exóticas; sobre ela havia uma diminuta pilha de documentos organizada com o mesmo esmero com que o sr. Clarke organizava o escritório.

"Bom, Villiers, fez alguma descoberta nessas últimas três semanas?"

"Acredito que sim. Tenho aqui um ou dois memorandos que me parecem singulares, além de uma declaração digna de nota."

"Esses documentos estão relacionados à sra. Beaumont? Foi mesmo Crashaw quem você viu naquela noite diante da casa na Ashley Street?"

"No que se refere a essa questão, minha opinião permanece inalterada. No entanto, minhas investigações e conclusões não têm qualquer relação específica com o sr. Crashaw. Por outro lado, me deparei com uma questão insólita: descobri quem realmente é a sra. Beaumont."

"Quem é ela então? O que quer dizer com isso?"

"Quero dizer que nós a conhecemos melhor por outro nome."

"E que nome seria esse?"

"Herbert."

"Herbert!", Austin repetiu, atordoado pelo espanto.

"Sim, a sra. Herbert da Paul Street, a Helen Vaughan de aventuras anteriores e desconhecidas para mim. Você tinha motivos para reconhecer a expressão no rosto dela. Quando voltar para casa, olhe para o rosto no livro de horrores de Meyrick e encontrará a fonte das suas impressões."

"Você tem provas?"

"Sim, a melhor prova possível: vi a sra. Beaumont. Ou devo dizer sra. Herbert?"

"Onde a viu?"

"Em um lugar onde dificilmente espera-se ver uma senhora que reside na Ashley Street, em Piccadilly. Eu a vi entrando em uma casa numa das ruas mais sórdidas e aviltantes do Soho. Na verdade, eu tinha um encontro marcado e, embora não fosse com ela, se mostrou pontual e precisa."

"Isso é espantoso, mas não posso dizer que seja surpreendente. Villiers, você deve lembrar que vi essa mulher desbravando a sociedade londrina, conversando e sorrindo e bebendo café em lugares comuns, na companhia de pessoas comuns. Mas deve saber o que está dizendo."

"Certamente. Não me deixei levar por suposições ou divagações. Eu não tinha qualquer intenção de encontrar Helen Vaughan quando passei a procurar pela sra. Beaumont nas águas turvas da vida londrina. Mas foi o que aconteceu."

"Você deve ter andado por lugares estranhos, Villiers."

"Sim, vaguei por locais peculiares. Sabe, teria sido inútil ir à Ashley Street e pedir que a sra. Beaumont me desse um breve resumo de sua vida pregressa. Supondo, como tive de fazer, que o histórico dela não fosse dos mais asseados, seria de se esperar que no passado tivesse frequentado círculos não tão refinados quanto os que frequenta agora. Quando vemos lodo flutuando nas águas de um riacho, significa que esse já esteve assentado no fundo. Fui até o fundo. Sempre fui afeito a desbravar ruas atípicas em nome de meu próprio divertimento, e meu conhecimento de tais localidades, assim como de seus habitantes, provou-se bastante útil. Talvez seja dispensável dizer que meus conhecidos jamais tinham ouvido o nome Beaumont e, como eu mesmo nunca vi essa senhora, acabei sendo incapaz de descrevê-la. Por isso, tive de procurar outras vias. As pessoas da região me conhecem, já lhes prestei alguns favores, então elas não se negaram a me dar informações. Estavam cientes de que eu não tinha qualquer contato direto ou indireto com a Scotland Yard. Ainda assim, tive de lançar muitas iscas até fisgar o peixe desejado e, assim que o peguei, nem por um momento pensei que fosse o meu peixe. Mas prestei atenção a tudo o que me foi dito, a todas as informações inúteis, por fim deparando-me com uma curiosa história, ainda que não fosse, como supus, a que eu gostaria.

"Esse é o resultado das minhas incursões: cinco ou seis anos atrás, uma mulher de nome Raymond surgiu repentinamente no bairro a que eu me referia. Ela foi descrita como uma garota jovem, linda, não tendo mais do que 17 ou 18 anos, que parecia ter vindo do interior. Não seria correto afirmar que ela encontrou seus pares ao mudar-se para aquele bairro ou ao associar-se com aquela gente, pois, pelo que ouvi, acredito que o mais detestável antro de Londres seria bom demais para ela. A pessoa que me cedeu essas informações não era nenhum exemplar puritano, algo que você deve ter imaginado. Mas o sujeito mostrou-se trêmulo e enojado ao relatar-me as infâmias atribuídas a ela. Depois de viver no bairro por um ano, talvez um pouco mais, ela desapareceu de maneira tão súbita quanto aparecera. Ninguém soube mais nada dela, ao menos, não até a ocorrência do caso na Paul Street.

"Ela costumava retornar ao seu antigo refúgio. A princípio, vinha sem regularidade, mas logo as visitas se tornaram frequentes. Por fim, ela acabou se instalando outra vez em seu antigo covil e lá permaneceu por cerca de seis a oito meses. Não há razão para que eu comente os detalhes da vida que aquela mulher levava. Se você quiser saber as minúcias, basta abrir o livro de Meyrick, ele não ilustrou aquelas figuras baseado apenas na própria imaginação. Então ela desapareceu outra vez e os moradores locais não tiveram qualquer notícia dela até alguns meses atrás. Minha fonte disse que ela alugara aposentos em uma casa da região, que essa pessoa me indicou; ela costumava visitar o lugar duas ou três vezes na semana, sempre às dez da manhã. Fui levado a acreditar que uma dessas visitas se referia a um dia específico, cerca de uma semana atrás. Assim, às vinte para as dez, acompanhado por meu guia e informante, pus-me à espreita. E a moça foi realmente pontual. Meu conhecido e eu nos encontrávamos sob a arcada de uma porta um tanto distante da rua. No entanto, ela nos notou. Lançou-me um olhar que não serei capaz de esquecer tão cedo. E aquele olhar foi demais para mim. Então eu soube que a srta. Raymond era a sra. Herbert. Quanto à sra. Beaumont, já a tinha tirado da cabeça. Ela entrou na casa e vigiei o lugar até às quatro da tarde, quando ela enfim deixou a residência. Tratei de segui-la. Foi uma longa perseguição, precisei ter o cuidado de manter-me afastado o bastante sem perdê-la de vista. Eu a segui até a Strand, depois a Westminster, depois a St. James's Street, então por toda Piccadilly. Foi estranho vê-la pegar a Ashley Street. Ocorreu-me que a sra. Herbert era também a sra. Beaumont, mas isso parecia improvável demais para ser verdade. Estaquei na esquina, mas não tirei meus olhos dela nem por um momento, tomando o devido cuidado de identificar a casa em que ela entrara. Pois era a residência de cortinas alegres, a casa ornada de flores, a casa da qual Crashaw saíra na noite em que se enforcara no jardim. Eu estava prestes a partir, remoendo aquela descoberta, quando vi uma diligência desocupada parar diante do local. Suspeitei que a sra. Herbert estivesse saindo para um passeio. Assim que descobri que tinha razão, tomei um cabriolé e a segui até o parque. Lá, por mero acaso, topei com um conhecido meu, então permanecemos por ali, conversando a certa distância da estrada, para a qual eu tinha dado as costas. Não fazia nem dez minutos que vínhamos conversando quando meu conhecido tirou o chapéu em cumprimento. Virei-me e vi a senhora que eu tinha seguido o dia todo. 'Quem é ela?', inquiri. 'A sra. Beaumont, que mora na Ashley Street', foi o que ele respondeu. Depois disso, não havia mais dúvida.

Não sei dizer com certeza se ela me viu, mas acredito que não. Tratei de ir para casa e, depois de certa reflexão, concluí que eu tinha um caso suficientemente coerente para apresentar a Clarke."

"Por que a Clarke?"

"Porque tenho certeza de que ele retém informações sobre essa mulher, coisas sobre as quais nada sei."

"Bem, e então?"

O sr. Villiers recostou-se na cadeira e fitou Austin de um modo pensativo antes de continuar:

"Acompanhado de Clarke, pretendo visitar a sra. Beaumont."

"Você não entraria em um antro como aquele, não é mesmo? Não, não, Villiers, você não deve fazer isso. Considere as possíveis consequências..."

"Vou lhe contar em seguida. No entanto, eu gostaria de acrescentar que as informações que reuni foram complementadas de maneira extraordinária. Veja este pequeno volume manuscrito; eu mesmo numerei as páginas e inclusive me dei ao luxo de usar uma fita de seda vermelha como marcador. Trata-se de um registro do tipo de entretenimento que a sra. Beaumont provinha aos seus convidados. O homem que o escreveu conseguiu escapar com vida, mas acredito que não viverá por muito tempo. Os médicos disseram que ele deve ter sofrido um imenso choque nervoso."

Austin pegou o manuscrito, mas não chegou a lê-lo. Ele abriu o volume ao acaso e sua atenção foi atraída por uma palavra específica e pela sentença que se seguia. Profundamente enojado, de lábios empalidecidos e vertendo rios de suor frio, ele lançou o livreto ao chão.

"Villiers, tire isso daqui e jamais mencione esse manuscrito outra vez. Por acaso é feito de pedra, homem? Minha nossa, o temor e o horror da morte — a imagem de um homem no frígido ar matutino, um homem agrilhoado diante do sombrio cadafalso, ouvindo o dobrar dos sinos e esperando pelo áspero ruído do alçapão — não são nada comparados a isso. Não lerei esse registro. Jamais poderei dormir em paz novamente."

"Muito bem, imagino o que você deva ter visto. É mesmo terrível. Porém, trata-se daquela velha história; uma antiga peça de mistério encenada na atualidade, pelas ruas escuras de Londres em vez de em meio aos vinhedos e olivedos. Sabemos o que acontecia a quem se arriscava a encontrar o Grande Deus Pã. Aqueles que são perspicazes sabem que todos os símbolos representam alguma coisa, que não são símbolos vazios. De fato, foi sob um símbolo primoroso que os homens há muito velaram o conhecimento que tinham das forças assombrosas e secretas que jazem no cerne de todas as coisas; forças diante das quais a alma dos homens definha e fenece, calcinando-se como quando o corpo é atingido por uma descarga elétrica. Não somos capazes de nomear tais forças, de mencioná-las ou de imaginá-las, a não ser sob a égide de um véu e de um símbolo; um símbolo que, para muitos de nós, se relaciona ao mais pitoresco devaneio poético, a uma narrativa fútil. Mas agora nós sabemos, você e eu; estamos cientes do tipo de horror capaz de habitar nos espaços secretos da vida mundana, manifesto em carne humana; aquilo que, não tendo forma, assumiu uma forma para si. Ah, Austin, como isso é possível? Como é possível que o sol não se transmute em trevas e que a própria terra não se rompa, expulsando magma e línguas de fogo, sob um fardo como esse?"

Villiers vagava inquieto pela sala e gotículas de suor pronunciavam-se de sua fronte. Austin permaneceu em silêncio por um tempo, mas o amigo o viu fazer o sinal da cruz.

"Villiers, repetirei: você não entraria em um antro como aquele, não é mesmo? Jamais sairia vivo de lá."

"Sim, Austin, sairei disso com vida, tanto eu quanto Clarke."

"O que quer dizer com isso? Você não faria isso, não ousaria."

"Dê-me mais um momento, sim? O clima estava fresco e agradável essa manhã. Uma brisa cálida soprava, mesmo por essa rua desbotada, então pensei em caminhar. Piccadilly se estendia vívida e cintilante diante de mim e o sol refulgia nas diligências e sobre os ramos bruxuleantes das árvores do parque. Era uma manhã alegre, homens e mulheres fitavam os céus e sorriam entretidos, trabalhando ou passeando. O vento soprava da mesma maneira leviana como o faz pelas pradarias e pelo joio perfumado. No entanto, por alguma razão, acabei me afastando dessas multidões alegres e flagrei-me a vagar por uma rua triste e silenciosa onde não parecia existir sol ou ar; os poucos transeuntes por quem passei vagavam por ali, demorando-se nas esquinas ou sob as arcadas. Ainda assim, segui em frente. Não tinha ideia aonde ia ou do que fazia ali, mas me sentia impelido, como às vezes nos sentimos, a explorar mais a fundo aquele lugar, tomado pela vaga noção de que me aproximava de algum objetivo desconhecido. Eu desbravava a rua, atento ao movimento na leiteria, curioso sobre a incongruente mescla de cachimbos baratos, fumo forte, doces, jornais e canções cômicas que aqui e ali se acumulavam no pequeno espaço de uma vitrine. Então um arrepio percorreu-me o corpo. Acredito que tenha sido isso o que me sugeriu que eu havia encontrado o que procurava. Ergui o rosto e estaquei diante daquela lojinha empoeirada; fazia muito tempo que as letras gravadas na placa tinham desaparecido, aqueles tijolos escurecidos deviam ter cerca de duzentos anos e o peitoril das janelas acumulava a poeira de incontáveis invernos. Identifiquei o item que necessitava, mas acho que levei uns cinco minutos para me recompor antes de entrar na loja e comprá-lo, exibindo um rosto calmo e falando em tom brando; todavia, acredito que minha voz deva ter soado um tanto trêmula, pois o velho que imergiu da escura sala dos fundos, vagueando entre as mercadorias, fitou-me de maneira peculiar ao preparar o embrulho. Paguei a quantia cobrada e apoiei-me no balcão, relutando em pegar o pacote e partir. Então lhe perguntei como iam os negócios. Ele me disse que as vendas iam de mal a pior e que os lucros haviam diminuído consideravelmente. A rua não tinha mais o mesmo movimento que tivera uma vez, antes de o tráfego ser desviado; só que aquilo ocorrera quarenta anos atrás. 'Foi logo antes de o meu pai morrer', ele disse. Por fim, parti. Tomei meu rumo a passos largos. Aquela era realmente uma rua sombria e vi-me contente em retornar ao burburinho das vias principais. Gostaria de ver o que comprei?"

Austin não disse nada, apenas assentiu discretamente. Ele ainda estava pálido e parecia nauseado. Villiers abriu uma gaveta da mesa de bambu e mostrou ao amigo uma longa corda enrolada, nova e resistente. Havia um nó corrediço em uma das extremidades.

"A melhor corda de cânhamo", Villiers disse. "O velho me contou que ela foi feita do mesmo jeito que se faziam cordas antigamente. Não há nem um centímetro de juta de uma ponta a outra."

Austin cerrou os dentes e encarou Villiers, empalidecendo ainda mais.

"Você não faria isso" ele enfim sussurrou. "Não mancharia as mãos de sangue. Meu Deus!" Então exclamou em súbita veemência. "Villiers, está falando sério? Você faria papel de carrasco?"

"Não, hei de oferecer a ela uma escolha. Vou deixar Helen Vaughan sozinha com esta corda, trancada em um quarto por quinze minutos. Se não estiver feito quando entrarmos no quarto, vou chamar o policial mais próximo. Isso é tudo."

"Preciso ir embora agora. Não consigo ficar aqui nem por mais um minuto, não suporto. Boa noite."

"Boa noite, Austin."

A porta se fechou, mas um momento depois se abriu de novo. Austin jazia no vestíbulo, lívido e atônito.

"Eu já ia me esquecendo de que também tenho algo a lhe contar", ele disse. "Recebi uma carta do dr. Harding, de Buenos Aires. Ele afirma que tratou de Meyrick por três semanas antes que ele morresse."

"Ele chegou a mencionar o que ceifou a vida de Meyrick no auge de seus dias? Algum tipo de febre?"

"Não, não foi uma febre. De acordo com o médico, foi um colapso total do sistema nervoso, provavelmente causado por um choque severo. Mas ele afirma que o paciente não lhe confessou nada e que, por isso, viu-se sem meios adequados de tratar o enfermo."

"Há mais alguma coisa?"

"Sim, o dr. Harding encerra a carta dizendo o seguinte: 'Acredito que essa seja a extensão das informações que sou capaz de fornecer sobre o seu pobre amigo. Ele não passou muito tempo em Buenos Aires e quase não tinha conhecidos na cidade, com exceção de uma pessoa que não contava com a melhor das reputações, alguém que há muito já partiu — a sra. Vaughan'."

«—ARTHUR MACHEN—»

VIII

OS FRAGMENTOS

m meio aos documentos do notório médico Robert Matheson, da Ashley Street, Piccadilly, que faleceu de forma repentina devido a um ataque apoplético ao início de 1892, encontrava-se um volume manuscrito repleto de anotações a lápis. Essas notas se apresentavam em latim, demasiado resumidas e redigidas em evidente afã. O manuscrito foi decifrado com imensa dificuldade. E, ao menos até o presente momento, alguns termos permanecem obscuros, escapando aos esforços de todos os especialistas consultados. A data "25 de julho de 1888" encontra-se grafada à direita, no rodapé. Segue-se uma compilação do manuscrito do dr. Matheson.]

Não sei dizer se a ciência seria capaz de tirar algum proveito destas notas caso elas fossem publicadas. Duvido muito. Jamais serei responsável por publicar ou divulgar sequer uma sentença do que aqui se encontra escrito. Isso se deve não apenas ao compromisso que de bom grado assumi com os dois indivíduos mencionados no presente relato, mas também porque os detalhes são abomináveis. Essa é a provável razão pela qual, devido a uma reflexão cautelosa e depois de ponderar sobre os malefícios e benefícios relativos a este documento, decidi que um dia hei de destruí-lo ou ao menos deixá-lo, selado e sob sigilo, aos cuidados do meu amigo D., confiando em seu discernimento, seja para lê-lo ou queimá-lo, o que lhe convier.

Como era de se esperar, fiz todo o possível para me certificar de que eu não sofria de nenhum tipo de delírio. Em um primeiro momento, vi-me tão estupefato que mal consegui raciocinar, mas logo tive certeza de que minha pressão era estável e adequada e de que eu me encontrava em meu juízo perfeito. Rememorei a anatomia do pé e do braço e repeti as fórmulas de alguns compostos de carbono, então tratei de me ater àquilo que estava diante de mim.

O horror e a náusea revolviam as minhas entranhas e o odor da corrupção ameaçava me sufocar. Ainda assim, mantive-me firme. Eu havia sido privilegiado ou amaldiçoado — não ouso especificar — a contemplar aquilo que jazia na cama, preto como nanquim, transmutar-se bem diante dos meus olhos. A pele, a carne, os músculos e os ossos; a própria estrutura do corpo humano, que eu considerava imutável e perene como diamante, passou a liquefazer-se.

Estou ciente de que forças externas podem reduzir e separar o corpo em unidades menores, e eu não teria acreditado no relato aqui registrado se não o tivesse presenciado. Pois nesse caso era alguma força interna, algo desconhecido para mim, que causava a alteração e a dissolução do corpo.

O processo através do qual o ser humano foi criado também se repetia diante dos meus olhos. Eu via a forma na cama oscilar de sexo a sexo, dividir a si mesma e depois aglutinar-se outra vez; então via o corpo decair ao estado bestial de que há muito havia ascendido; e as qualidades mais nobres chafurdavam às profundezas, na direção dos abismos da existência material. Mas o princípio da vida, que sustentava todo o organismo, permanecia inalterado enquanto a forma exterior se transmutava.

A luz no interior do cômodo havia se transformado em trevas; não na escuridão noturna, sob as quais os objetos tornam-se vagos, pois eu via tudo claramente e sem dificuldades. Era antes a negação da luz. Os objetos se revelavam diante de mim, se é que posso dizer isso, sem qualquer mediação, de tal forma que se houvesse um prisma no quarto eu não teria visto nenhuma cor refletida nele.

Eu observava atento e, ao final do processo, não restava nada além de uma substância pastosa. Então o processo retrocedia... [aqui o manuscrito encontra-se ilegível] ...pois em dados momentos eu via a Forma, algo composto de escuridão, mas não a descreverei. Todavia, a representação dela pode ser vista em esculturas antigas, em pinturas que sobreviveram ao magma, coisas perniciosas demais para serem mencionadas... E quando aquela Forma horrenda e inefável, uma coisa que não era nem homem nem besta, assumiu outra vez a forma humana, a morte enfim recaiu sobre ela.

Eu, que contemplei a tudo isso possuído por íntimo horror e aversão, atesto a veracidade de tudo o que foi registrado aqui e assim assino:

Dr. Robert Matheson

[...] Raymond, este relato compreende tudo o que sei e presenciei a respeito do caso. O fardo era grande demais para que eu pudesse suportá-lo sozinho, mas não fui capaz de compartilhá-lo com mais ninguém a não ser você. Villiers, que me acompanhava no fim da jornada, não tem qualquer ciência do medonho segredo dos bosques e sobre como aquela coisa que ambos vimos encontrou a morte; aquela que se acomodara na relva suave e perfumada em meio às flores de verão, sob os feixes de sol que rompiam as copas das árvores; ela que, tomando a mão de Rachel, conjurou seus companheiros, concedendo-lhes forma material, sobre esta mesma terra que nós

habitamos. Trata-se de um horror tão imenso que nos é exprimível apenas por alusões e metáforas. Não pretendo contar nada disso a Villiers, nem mesmo a respeito da semelhança percebida ao contemplar o retrato, algo que me atingiu como uma estocada no coração, inundando-me de terror. Não ouso especular o significado disso. Sei que aquilo que testemunhei perecer não era Mary, embora eu tenha visto os olhos dela fitando os meus durante os angustiantes momentos finais. Não sei se existe alguém capaz de forjar os últimos elos dessa corrente de mistérios perversos. No entanto, se essa pessoa existe, imagino que não seria outra que não você, Raymond. Se detiver tais segredos, cabe a você partilhá-los ou não, o que julgar mais acertado.

  Estou escrevendo esta carta logo depois de voltar à cidade. Estive recentemente no interior; talvez você possa adivinhar a região que visitei. No momento em que o horror e o assombro de Londres chegaram ao pico — pois a sra. Beaumont, como comentei, era notória na sociedade —, escrevi ao meu amigo dr. Phillips, dando-lhe um breve resumo, ou alusão, ao que havia ocorrido. Pedi-lhe que me desse o nome do vilarejo onde ocorreram os eventos que ele mencionara. Ele disse-me o nome da vila sem muita hesitação, como o próprio atestou, visto que os pais de Rachel estão mortos e que o restante da família se mudou há seis meses para a residência de um parente no estado de Washington. Ele comentou que os pais haviam, sem dúvida, morrido devido à tristeza e ao horror causado tanto pela perda da filha quanto pelos eventos que antecederam sua morte. Na noite daquele mesmo dia em que recebi a carta de Phillips, eu me encontrava em Caermaen, diante das ruínas romanas, daquelas muretas desgastadas pelos invernos de dezessete séculos. Fitei a pradaria onde antigamente se via o templo do "Deus das Profundezas" e vislumbrei uma casa refulgindo ao sol. Era o lugar onde Helen vivera. Permaneci em Caermaen por vários dias. Descobri que os locais sabiam pouco e especulavam

menos ainda. Aqueles com quem tratei sobre o assunto parece-
ram surpresos que um antiquário — como me apresentei — se
importasse com uma tragédia local, sobre a qual eles me de-
ram uma versão condizente com o senso comum.

Como você deve imaginar, não lhes contei nada do que sa-
bia. Passei a maior parte do tempo percorrendo as densas ma-
tas que se erguem colina acima, para além da vila, descendo ao
vale do outro lado, na direção do rio. Raymond, trata-se de um
vale tão belo e remoto quanto aquele que contemplamos certa
noite de verão, quando caminhávamos diante da sua casa. Va-
gueei por horas sem conta em meio ao labirinto verdejante da
floresta, seguindo a esmo, caminhando com calma ao longo
de aleias vastas, frescas e sombreadas, sob o sol do meio-dia ou
sob os imensos carvalhos. Parei para descansar sobre o relvado
de uma clareira. O vento trazia o doce aroma das rosas selva-
gens. Mas a fragrância das flores mesclou-se ao denso cheiro
de coisas ancestrais; e aquela mixórdia de aromas produziu o
mesmo odor dos velórios: os vapores do incenso permeando a
corrupção da carne. Então me encontrei no limite da mata,
contemplando as solenes dedaleiras que se erguiam em meio
às samambaias e cintilavam rubras sob o sol; para além delas,
entremeados na mata sombria e úmida, riachos borbulhantes
vertiam das rochas, nutrindo a vegetação aquática e forman-
do um leito maligno. Durante todas as minhas andanças evi-
tei uma porção da floresta; foi só ontem que subi ao topo da
colina e tomei a antiga Estrada Romana que singra o cume
da colina; Helen e Rachel vagaram por essa trilha silente, so-
bre o pavimento relvado cercado por ribanceiras de terra ver-
melha e por sebes de faia cintilante; e por essa trilha segui seus
passos; de um lado da estrada, através de esporádicas fendas
na mata densa, eu contemplava a amplitude da floresta que
se desdobrava para todos os lados e descia colina abaixo; ao
longe, o mar amarelado e a enseada longínqua. Do outro lado,
via o vale, o rio e colinas sucedendo colinas feito as ondas no

mar; então bosques, pradarias, milharais, casas singelas chispando ao sol e, no horizonte nortenho, a imensa muralha de uma montanha coroada por picos anis.

Por fim, cheguei ao lugar pretendido. A trilha ascendeu por um breve aclive e abriu-se em uma clareira circundada de vegetação rasteira; para além, a trilha voltava a estreitar-se, desaparecendo na distância e nos tênues vapores do calor do verão. Rachel ainda era uma menina quando adentrara essa agradável clareira florida. Mas quem seria capaz de dizer no que se tornara ao partir? Não permaneci muito tempo ali.

Em um lugarejo próximo a Caermaen, há um museu que abriga uma boa quantidade de reminiscências da ocupação romana, contando com objetos encontrados nas redondezas em diversos períodos distintos. Um dia depois de eu ter chegado, visitei a cidadela em questão e tive a oportunidade de inspecionar esse museu. Depois de ter visto boa parte das esculturas, ataúdes, anéis, moedas e fragmentos do pavimento tesselado, mostraram-me um diminuto pilar de pedra recentemente descoberto nas matas sobre as quais eu vinha falando; de fato, inquirindo o guia, descobri que o artefato fora encontrado na clareira onde a Estrada Romana se alarga. Havia uma inscrição em um dos lados do pilar, que registrei. Algumas das letras se apagaram devido à passagem do tempo, mas não acho que possa haver dúvidas quanto ao conteúdo do texto. Reproduzo aqui uma transcrição:

DEVOMNODENTi
FLAvIVSSENILISPOSSVit
PROPTERNVPtias
quaSVIDITSVBVMBra

"Ao grande deus Nodens (deus das profundezas ou abismo). Flavius Senilis erigiu esta homenagem em razão do matrimônio que se realizou sob as sombras destas matas."

O curador do museu informou-me que os antiquários locais se mostraram intrigados, não pela inscrição ou por qualquer dificuldade em traduzi-la, e sim quanto às circunstâncias ou ritos a que a inscrição alude.

[...] meu caro Clarke, agora tratemos do que você me conta a respeito de Helen Vaughan, quem você afirma ter visto morrer sob as mais terríveis e quase inacreditáveis circunstâncias. Eu estava interessado em seu relato, embora já estivesse ciente de boa parte, se não tudo, do que você menciona. Conheço a razão da estranha semelhança que você aponta entre o retrato e o rosto em si; você viu a mãe de Helen. Sei que se recorda daquela silenciosa noite de verão tantos anos atrás, quando lhe falei sobre o mundo além do véu e sobre o deus Pã. Você se lembra de Mary. Ela era a mãe de Helen Vaughan, que nasceu nove meses depois daquela noite.

Mary jamais recobrou a razão. Permaneceu como quando você a viu pela última vez: atormentada naquela cama. Faleceu alguns dias depois que a criança nasceu. Imagino que, ao fim de seus dias, tenha reconhecido meu rosto. Eu me encontrava à cabeceira da cama e, por um segundo, aquela antiga expressão surgiu nos seus olhos, então ela estremeceu, gemeu e morreu. Foi perverso o que fiz naquela noite, durante aquele procedimento que você acompanhou. Rompi as comportas que limitavam as fronteiras da vida sem perceber ou me preocupar que algo pudesse cruzar por elas e possuí-la. Recordo-me do que você me disse na época, com bastante vigor e razão, que eu havia destruído a consciência de um ser humano em um experimento tolo, baseado em uma hipótese absurda. Estava certo em me culpar, mas minha hipótese não era tão absurda assim. O que afirmei que Mary veria, ela viu. No entanto, não me dei conta de que nenhuma percepção humana seria capaz de suportar incólume aquela visão. E não entendi que, quando as comportas da vida são abertas, coisas inominadas são capazes de realizar a travessia, então a carne humana torna-se o recipiente de horrores indescritíveis. Mexi com forças que não compreendo e você contemplou os desdobramentos dos meus atos. Helen Vaughan fez muito bem em passar a corda pelo pescoço e morrer, ainda que a morte tenha sido medonha. O rosto escurecido a forma hedionda sobre a cama, transmutando-se diante dos seus olhos de mulher para homem, de homem para besta e de besta para algo mais vil, mais baixo, decaindo aos extraordinários horrores que você presenciou. Nada disso me surpreende.

Quanto ao médico que você mandou buscar: muito antes eu havia notado o que você afirma, que ele contemplou em assombro. Tive ciência das consequências dos meus atos desde o momento em que a criança nasceu. Quando ela ainda nem tinha bem 5 anos, eu já a havia encontrado não por duas ou três vezes, mas por inúmeras vezes acompanhada de um amigo de brincadeiras. Você pode imaginar de que tipo. Era o horror encarnado, algo constante. Depois de alguns anos, senti que não era mais capaz de suportar aquela situação, por isso enviei Helen Vaughan para longe de mim. Agora você sabe o que foi que aterrorizou o garoto na floresta. O restante dessa estranha história e tudo o mais que me conta — o que foi descoberto pelo seu amigo —, tomei conhecimento aos poucos, até quase o último capítulo.

E agora, Helen se encontra em meio aos seus...

Fim

[Nota – Helen Vaughan nasceu em 5 de agosto de 1865, na Red House, Breconshire, e morreu em 25 de julho de 1888, em sua casa, em uma rua próxima de Piccadilly, chamada Ashley Street na história.]

«–ARTHUR MACHEN–»

POSFÁCIO: ELE VIVE
A IMORTALIDADE DE UM DEUS NA ARTE OCIDENTAL

por **Enéias Tavares**

No caso de Arthur Machen e sua obra *O Grande Deus Pã*, falamos de um artista que está no final de uma longa corrente mítica, cultural e artística dedicada ao deus dos bosques. Nesse sentido, o que Machen faz é retomar uma determinada simbologia e a atualizar para um público e um contexto distinto, neste caso, para a modernidade do final do século XIX. Antes de chegarmos, porém, a ele e ao seu *Grande Deus Pã*, devemos observar o longo caminho que Pã percorreu, essa divindade brincalhona, festiva, lúdica, lasciva, musical e dançante, partindo do mito grego, sendo renovado no mito latino, distorcido no medievo pelo cristianismo e, por fim, revivido na obra de pintores, poetas e autores do século XVI até o presente. Neste ensaio panorâmico, prestamos uma singela e humilde homenagem a um deus Pã que parece estar e ser literalmente *tudo*, em todos os tempos e lugares, para todos.

I. Pã e suas Origens Míticas & Naturais: No Fugidio Rastro do Deus dos Bosques

Musa, canta-me o filho chifrudo de Hermes,
De pés caprinos, amante do estrépito,
Que vaga pelos vales e bosques
Dançando com as ninfas.

XIX, "Hino a Pã"
Hino Homérico 19

Os gregos antigos tanto insuflaram os elementos da natureza com personificações divinas abrangentes — Zeus (Céu), Poseidon (Mar), Hades (Profundezas), Cronos (Tempo), Gaia (Terra) e Hera (Lar) — quanto estabeleceram construtos divinais mais complexos e específicos, que partiam da natureza do mundo para a natureza humana e suas práticas sociais — Atena (Inteligência), Apolo (Artes), Afrodite (Amor), Ares (Guerra), Hefesto (Forja) e Diana (Caça).

Nesse contexto, pensava-se que Pã era uma divindade de menor importância, natural e ctônica, mais próxima dos homens e de festejos rurais do que dos deuses olímpicos, mais citadinos e domesticados. Deus dos bosques, das matas e dos campos, sendo igualmente considerado o protetor de pastores e rebanhos, Pã configurava uma corporificação de forças naturais vivificantes e fertilizantes.

Por todo o século XX, sobretudo a partir do desenvolvimento de disciplinas como antropologia, passou-se a compreender a mitologia grega e os mitos em sua complexa rede de relações com outras culturas, crenças e territórios. No caso de Pã, supõe-se que tenha derivado de uma divindade pastoral múltipla que tanto tomava conta da relva ou do pasto, quanto da complexidade encontrada embaixo da terra. Alguns estudiosos, como Hermann Collitz e Edwin L. Brown, viram nele uma relação com o deus hindu Pushan, também associado a palavras que indicam guarda, vigia ou protetores.

Em sua primeira aparição na poesia grega antiga, numa ode de Píndaro, Pã foi associado a uma divindade maternal, quiçá Reia ou Cibele, respectivamente relacionadas à matéria física e à fertilidade. Seu culto começou no interior da região da Arcádia, em meio a uma cultura mais agrária e pecuária. Nesta região, cujos santuários e espaços consagrados a ele podem ser visitados até hoje, seus rituais eram executados ao ar livre ou em espaços naturais cobertos, como cavernas, grutas ou encostas, elemento comum aos cultos de divindades naturais, como Ceres, Ártemis e o próprio Dionísio. Louvado por pastores como um deus protetor contra ameaças naturais, tanto atmosféricas como animais, Pã era simultaneamente reverenciado e temido, como toda entidade antiga na qual se mesclam visões humanas e naturezas enigmáticas. Ele emergia também como uma criatura assustadora, cujas aparições nas sombras das florestas ecoavam uma natureza assombrosa e destrutiva. Sua presença nas densas matas era encarada como uma oportunidade para enganar e enlouquecer caminhantes e viajantes.

Thomas Bulfinch, no clássico *O Livro de Ouro da Mitologia*, lembra que essa dimensão ambivalente de Pã dá origem a crenças que associam pavores, medos e terrores súbitos à sua presença e que resultam no termo, primeiramente adjetivo e depois substantivo, "pânico". Seu significado tem a ver com o todo natural e ctônico que constitui o próprio universo. Além do termo "pânico", dele provém ainda as orientações "pansexuais" e, segundo outros intérpretes, as expressões "pagão" e "paganismo".

Com aparência híbrida, metade humana e metade caprina, sátiro por excelência, com chifres na testa e uma face sorridente e lúbrica, tinha por membros inferiores patas caprinas e cascos de bode, o que não torna difícil imaginar o porquê de ele ter sido transmutado no demônio medieval séculos mais tarde. Versões do mito intensificam elementos que seriam também posteriormente condenados no cristianismo nascente, como a lenda segundo a qual Pã resultaria da cópula entre uma jovem mulher com um bode, sendo este, na verdade, um deus disfarçado.

Reconhecido ainda por sua agilidade, o deus aparecia e sumia com incrível rapidez, não apenas em matas fechadas como ainda em riachos e fontes de água. Apesar dessas identificações, a matriz de significados que circunda Pã é mais desafiadora ao visitante contemporâneo, uma vez que variados foram os mitos de sua criação, com destaque para dois, um mais geral e antigo, de matriz grega, e outro mais próximo da assimilação posterior do mito, em sua recepção romana.

A versão mais antiga do mito foi registrada em um dos Hinos Homéricos — conjunto de 33 sacros associados ao aedo criador da *Ilíada* e da *Odisseia* (século IX A.C.) mas de datação posterior (entre os séculos VIII e VI A.C.). O hino dezenove apresenta Pã como sendo filho do deus Hermes, divindade associada aos mensageiros, à linguagem e aos viajantes, e da ninfa Dríope, da Arcádia. Esta se assustou com o rebento híbrido e grotesco, parcialmente humano e parcialmente animal. Desprezado pela mãe, Pã foi então enrolado por Hermes em uma fina pele de lebre e levado para o Olimpo, a casa dos deuses olímpicos. Diferente de sua mãe, entre deuses festivos e brincalhões, Pã foi aceito, especialmente por seu tio Dionísio, que haveria de mais tarde integrá-lo em seu cortejo de sátiros — músicos e dançarinos com pernas de bode que o acompanham em seus rituais.

Com o passar dos séculos, Pã deixou o Olimpo para constituir uma divindade terrestre associada aos bosques, montanhas e cavernas da Arcádia. Na ponta dos dedos humanos levava aos lábios uma flauta, através da qual produzia a perdição de virgens, o enlouquecimento de viajantes ou festejo de seus companheiros. A lenda de origem de sua flauta comunica muito de sua natureza zombeteira, caprichosa e violenta, características comuns a muitas divindades gregas.

Essa lenda foi registrada por Ovídio (43 A.C. – 17 D.C.) no Livro I de suas *Metamorfoses* (8 D.C.). Segundo o poeta, Pã se apaixonou por uma das ninfas das águas chamada Syrinx, filha do deus dos rios Ladon. A bela divindade o rechaçou por sua aparência física assustadora, ficando na dúvida se tinha diante de si um homem ou um animal selvagem. Na tentativa de escapar de sua perseguição, Syrinx pediu às ninfas que a transformassem em um caniço de rio. Ao encontrar o junco, porém, Pã arrancou-o e fez dele uma flauta, possuindo assim, o objeto de seu desejo.

Esse mito comunica tanto a origem da dimensão musical de Pã, quanto sua natureza lasciva, raramente satisfeito apenas com ninfas, com mulheres ou com homens. A lenda também aponta para um singular prazer da criatura que, quando não tinha ninguém para compartilhar seu desejo, satisfazia-se solitariamente. Essa sexualidade aflorada é muitas vezes representada por escultores e pintores por meio de um falo ereto e de tamanho avantajado. Tal aspecto libidinoso o aproxima de Priapo, o deus grego da fertilidade, nascido de um caso entre Afrodite e Dionísio, também tido como divindade protetora de rebanhos, plantações e vinhedos.

Ainda sobre Pã, associadas a seus casos amorosos estão a deusa lunar Selene e a ninfa Eco. A primeira fora seduzida após o deus revestir-se em pele de cordeiro para esconder sua pelugem de bode e seu aspecto bestial. Quanto a Eco, esta resistiu às investidas lascivas de Pã. Este, irritado, instruiu seus sátiros a despedaçá-la e espalhar suas partes por toda a terra. Apiedada de sua sorte, Gaia acolheu seus restos, fazendo sua voz ecoar sons alheios. O mito de Eco se relaciona também com o de Narciso.

O mito mencionado representa apenas uma das várias versões sobre a origem de Pã, incluindo uma narrativa envolvendo Ulisses e a suposta infidelidade de uma Penélope bem diferente daquela retratada na *Odisseia*. Nela, Pã seria filho de Penélope com seus amantes pretendentes. Além dessa versão, havia o relato que indicava Zeus como seu pai com Híbris (Desmedida). Outras apontam sua paternidade a deuses mais antigos, como os primordiais Urano e Gaia e os titânicos Cronos e Reia, sendo Pã irmanado às ninfas das nascentes (Náiades), das árvores (Dríades) e dos mares (Nereidas). Como outras divindades naturais — de onde a mitologia grega surgiria e se espraiaria num lúdico, complexo e fascinante desenvolvimento — Pã poderia assim anteceder os próprios deuses olímpicos. Versões reveladoras deste mito conferem ao deus a dádiva dos cães de caça de Ártemis e da profecia de Apolo.

Esse compósito de lendas e relações, que variam de aspectos naturais, noturnos e especulares, intensifica o imaginário múltiplo — híbrido como o próprio Pã — no qual alegria festiva, fertilidade corpórea, desejo erótico e composição musical se misturam e se fundem, dando origem a um mito rico e polivalente no mundo antigo. Nesse aspecto, é digna de nota sua interpenetração com o imaginário de Dionísio, uma relação que os iniciados nos rituais do deus do vinho devem ter percebido.

Dionísio surgiu como divindade estrangeira e oriental entre os séculos VIII e VII A.C. — versão inclusive corroborada pelas *Bacantes* (404 A.C.) de Eurípides, tragédia que apresenta o deus em sua fala de abertura indicando seu surgimento no Oriente, embora seu nascimento estivesse relacionado ao ciclo de mitos da cidade grega de Tebas. O que sabemos com relativa certeza é que o deus foi sendo incorporado ao território grego enquanto também assimilava vários mitos do território ático. Um elo entre Dionísio e Pã estaria na figura dos sátiros, divindades menores da natureza que possuíam forma humanoide com pernas, cauda e orelhas de bode, além de faces rústicas e chifres.

Como habitantes de bosques e campos, eles já eram associados a ninfas e outros espíritos naturais. Assim, em um mundo antigo de mitos e rituais cambiantes e mutáveis, de um lado os sátiros se tornaram companheiros de Pã; de outro, de Dionísio. Quando as dionisíacas se tornaram festejos populares na Ática, entre os séculos VII e VI A.C., os sátiros estavam ligados aos dançarinos que circundavam o sacerdote de Dionísio no ritual de sacrifício de um bode para o deus. Ao que tudo indica, é desse jogo ritual que nasceu o drama: do diálogo crescente e lúdico de um sacerdote ator — que vestia uma máscara de Dionísio — com o coro de sátiros. As primeiras peças, com poucos personagens e maior participação do coro, exemplificariam essa composição e ainda sua mutação, do drama mais primitivo de Ésquilo até o jogo cênico mais "moderno" de Eurípides, décadas mais tarde. Etimologicamente a própria tragédia enquanto gênero dramático teria sua origem associada a esse ritual, aglutinando os termos "tragos" (bode) e "oidé" (canto ou grito). Neste caso, tragédia significaria ou o "Canto dos Sátiros que dançavam para Dionísio" ou o "Grito do Bode sacrificado ao deus".

Outra similaridade entre o culto de Pã e o de Dionísio está no fato de ambos serem executados em espaços naturais, em períodos e localidades associados ao plantio e à colheita. Antes de serem urbanas, as dionisíacas eram rurais, festas promovidas no início de safras, na véspera de colheitas e em festejos de núpcias, todas ocasiões nas quais a fertilidade, fosse ela agrícola ou humana, era louvada e saudada. Karl Kerényi, em *Os Deuses Gregos*, diretamente associa os companheiros de rituais e festas de Dionísio a pequenos Pãs (Paniskoi) ou sátiros.

O mito de Sileno, pai dos sátiros e grande apreciador de vinho, nos ajuda a melhor compreender essa intrincada relação. Nele, contava que Sileno vivia na corte do rei Midas e que fora certa vez encontrado bêbado e inconsciente num corredor do palácio. Levado ao rei, este cuidou de Sileno e depois o deixou sob a guarda de Dionísio. Este, como presente pelo cuidado de Midas a seu hóspede, lhe concedeu a dádiva de transformar tudo o que tocasse em ouro. Depois de livrar-se da benção maldita, Midas teria se tornado um servo de Pã, criando assim uma fusão dos dois deuses em um único mito.

Outro relato, também protagonizado pelo mesmo personagem humano, coloca Midas como árbitro de uma disputa entre Pã e Apolo para decidir quem era o melhor músico. O mortal teria ficado ao lado do primeiro, elogiando a flauta de Pã em detrimento da lira de Apolo. Como punição, Apolo teria dado a Midas orelhas de burro. Embora os dois mitos tenham óbvios fins morais — em uma advertência à "burrice" de se valorizar riquezas materiais — o que nos interessa aqui é o modo como as figuras de Dionísio e Pã deslizam de um lugar a outro na história de Midas e na de Sileno, sendo gradativamente desafiador separar um imaginário de outro.

Na tragédia e na comédia antiga, Dionísio, sátiros e Pã estão mesclados num tipo de jogo teatral que valorizava o elemento natural e cíclico como agente potencializador do mundo e da existência; tudo isso enquanto a cultura urbana, seus habitantes e leis, eram apresentados com chave negativa. Num certo aspecto, e aí estava o elemento catártico da tragédia e o fator moralizante da comédia — como destacado por Aristóteles em *Poética* —, o drama cênico aconselhava um reconhecimento da morte como integrante de um ciclo cósmico de nascimento, crescimento, morte e renascimento, exemplificado por divindades terrestres como Ceres, Pã e Dionísio.

Já na comédia nova, gênero dramático do século III A.C. que teve grande impacto sobre a comédia latina e toda a comédia de costumes posterior, a relação entre Dionísio e Pã é ainda mais clara. Nela, o dramaturgo Menandro desloca a ênfase dada pela tragédia ateniense e pela comédia antiga ao deus do vinho para o deus dos bosques e das cavernas. O texto de *O Misantropo* (317-316 A.C.) pode ser interpretado, a partir de sua abertura, como um hino a Pã, constituindo este o principal agente e força motriz dos jogos amorosos do jovem Sóstrato e sua amada, a filha de Cnêmon, o misantropo do título.

Em Roma, Pã se transmutou em Fauno, de onde advém a palavra "fauna", justamente por sua relação com a natureza, e em Silvano, o deus latino dos bosques. Embora o sentido mais primitivo e potente dos mitos da Grécia — uma cultura que dependia diretamente da agricultura para seu sustento — tenha se diluído na cultura romana mais urbana e bélica do que a grega, Pã continuou a ser uma força potente e mítica, como evidenciado em Ovídio e por uma reveladora lenda romana, a qual voltaremos em breve, sobretudo por sua importância ao cristianismo posteriormente. Segundo a lenda que envolvia o imperador Tibério, o piloto de um navio havia ouvido do mar a expressão "O Grande Deus Pã está Morto!", e ela se espalhou pelo mundo antigo fazendo a própria natureza prantear.

Essa diluição — e relativo enfraquecimento — do sentido original do mito grego em território latino também é visível na passagem de Dionísio para Baco. Aquele, de força motriz e natural além de chave poética e teatral para angústias existenciais e humanas, se transmutou em uma divindade mais beberrona, lasciva e festiva em territórios romanos. A própria transformação do espaço teatral, de templo dedicado a Dionísio na Grécia, em espaço de jogos esportivos e execuções públicas, evidencia esse fenômeno. Com o surgimento do cristianismo, entre os séculos II e IV A.C., Pã sofreria um novo golpe. Por quanto tempo, porém, o Grande Deus dos Bosques permaneceria morto?

II. De Deus dos Bosques a Espírito Infernal: Diabo ou Fauno, Demônio ou Gracejo?

Os pastores no gramado,
Antes do dia começado,
Sentados na relva, agraciados,
Pouco ou nada pensavam de Pã.
Esse grande poder de uma era malsã,
Que importava ele ali, alquebrado?
Só viam seus amores, seus cuidados,
De tolas ideias estavam bem ocupados.

"Ode à Natividade"
John Milton

Segundo Plutarco, o célebre historiador grego, no seu diálogo *De Defectu Oraculorum* (*Sobre o Fracasso dos Oráculos*), texto que data das últimas décadas do século I D.C., Pã seria o único deus grego passível de morte, o que teria supostamente se espalhado pelo mundo antigo. A fábula do anúncio "O Grande Deus Pã está Morto!" por Plutarco, todavia, não diminuiu seu culto em território grego. Dois séculos depois, o geógrafo Pausânias visitou a Grécia e registrou uma série de santuários e templos, além de espaços naturais consagrados ao deus.

Voltando a Plutarco, essa formulação — de menor importância dentro do tratado, que visava apenas registrar um relato oral envolvendo a lenda da morte de um deus e uma investigação oficial por ordem de Tibério — ganhou destaque dentro do cristianismo, justamente por ter sido registrada na época de um imperador que reinou sobre Roma entre 14 e 37 D.C., período que acompanhou o surgimento de Jesus, sua execução e o relato de sua ressurreição. Foi a partir dessa remissão, que os primeiros pensadores do cristianismo começaram a refletir sobre a tortuosa transferência do imaginário da religião politeísta clássica para um cristianismo ainda nascente.

Eusébio de Cesareia, por exemplo, entre os séculos III e IV D.C., associou a lenda da morte de Pã ao nascimento de Cristo, aludindo ao que seria a transição da antiga religião pagã para o surgimento de uma nova religião universal. Além disso, coube a ele a associação direta entre o aspecto monstruoso e vingativo da divindade grega com os elementos mais assustadores, lúbricos e pérfidos do demônio. Santo Agostinho de Hipona, também no quarto século, detalhou essa relação, aproximando Pã e os sátiros aos íncubos e súcubos, criaturas nascidas do intercurso sexual entre seres humanos e demônios.

Esse imaginário seria revivido durante todo o medievo, culminando séculos depois em registros poéticos e literários. Nesse sentido, a gradativa transformação de figuras míticas e pagãs em demoníacas e diabólicas não apenas deu força ao cristianismo como permitiu uma complexa assimilação por parte do imagético antigo à visão cristã mais moderna do mundo. Missionários cristãos, em sua ânsia de destruir templos para construir igrejas, converteram assim muitas das crenças gregas e romanas em narrativas que iam ao encontro de seus próprios objetivos condenatórios.

Entre os mitos que mais sofreram com esse processo estava aquele associado a Pã, que pouco a pouco foi se tornando o correlativo da forma e força física associada ao Diabo e aos demônios. Bastante comum ao processo de sincretismo que fertilizou muitas das crenças cristãs, uma religião nascida pretensamente de uma fonte textual una — o Antigo e o Novo Testamento bíblicos — foi perpassada, para não dizermos *contaminada*, de crenças, signos e imaginários advindos de outros povos e culturas. Desse modo, o Grande Deus dos Bosques referenciado por pastores e caçadores se converteria em bestial demônio, emprestando sua forma ao próprio Diabo, não raro representado com as características físicas de Pã: rosto bestial, chifres na testa, corpo revestido de pelos e patas de bode.

Embora a Bíblia não apresente qualquer descrição física de Satã ou dos demônios, talvez a distinção feita por Jesus em *Mateus* 25 entre ovelhas e cabritos possa ter sugerido essa relação. Todavia, essa frágil associação, como demonstra a própria história do cristianismo, deve-se menos à Bíblia e mais a um processo cultural de assimilação e perversão de uma determinada cultura em detrimento de outra. Sobre esse processo de absorção cultural, Peter Stanford afirma:

> Quando os gregos fazem menção aos *daimons* (geralmente traduzidos como demônios), estão se referindo a um tipo de ser bem mais ambíguo e próximo dos espíritos, potencialmente bom e mau. No instante em que as gerações subsequentes de pensadores, escritores e artistas cristãos criaram a imagem de Satã, assumiram uma dívida com a Grécia, porque algumas das mais conhecidas características desse personagem foram extraídas do drama celestial grego. Hermes, por exemplo, que tanto era o mensageiro da corte celestial como o deus dos ladrões e o guia dos mortos no mundo subterrâneo, influenciou os artistas medievais através da descrição tradicional que lhe exibia com sandálias aladas. Pã, o filho de Hermes que era deus do desejo sexual, uma força que para os gregos era simultaneamente criativa e destrutiva, serviu de inspiração para a produção iconográfica dos cristãos do quinto século que, sob a influência de Agostinho, condenavam as alusões ao sexo como diabólicas ou más. Sua figura com chifres, bastante parecida com um bode, foi o modelo de muitas pinturas que retratavam um Diabo lascivo e bestial. (2003)

Assim, não apenas Pã como também outras divindades ou lendas pagãs foram sendo absorvidas pelo cristianismo até redundar em diabos peludos e caprinos, bruxas amantes de demônios e monstros infernais caracterizados como festivos deuses dos bosques, algo que a iconografia ocidental exemplifica com incontestável clareza. Nela, Pã é inicialmente uma criatura lasciva e brincalhona, não raro representada com seu falo de Priapo, sobretudo em sua figuração romana. No medievo, boa parte dessas características foram de forma gradual sendo transferidas para Satã e seus demônios.

Segundo Nicole Tubman, no artigo "Farwell Pan: the Rise of Satan in Christian Imagery", essa assimilação também se deu por um crescente repúdio ao corpo, à sexualidade e ao mundo natural, elementos presentes no mito original de Pã, um mito bem mais terrestre e carnal do que seria à primeira vista associado aos deuses das alturas do Olimpo. Segundo a autora:

> Combinando um desprezo prévio a bodes e cabras, uma rejeição a todos os elementos de caráter sexual e um deus popular que o povo não conseguiu renunciar, o cenário para o surgimento da figura satânica estava definido. Pã, o deus que certa vez vagou pelos bosques, numa incorporação da própria natureza, encontrou sua morte no advento do cristianismo. E embora ainda esteja vivo na tradição moderna, esse deus ambíguo, por vezes benevolente, foi reduzido à forma do mais puro mal, uma entidade a ser temida e desprezada ao invés de honrada e reverenciada. (2021)

Um exemplo contumaz desse processo e sua sobrevivência na história do Ocidente é a obra de John Milton (1608-1674). Na sua magnum opus *Paraíso Perdido* (1667), o poeta puritano seria laureado como um dos responsáveis pela humanização da figura satânica na modernidade, o que impactaria diretamente o Romantismo posterior, que veria no anjo caído traços prometeicos. Entretanto, Milton não dedicou a mesma simpatia a Pã. Ao contrário, ele denominaria o centro administrativo do inferno do seu épico de "pandemonium", palavra criada e inserida por ele na língua inglesa e que, etimologicamente, significaria de forma literal "Espírito de Pã" ou "Todo Demoníaco".

Bem antes disso, porém, em 1629, Milton comporia a ode "On the Morning of Christ's Nativity", poema que dramatizava a encarnação de Cristo como superação dos poderes terrestres e das crenças e ídolos que identificavam o paganismo. O poema foi composto possivelmente na companhia de um amigo de Milton, Charles Diodati (1609-1638), dono da casa que receberia a visita do poeta e, dois séculos mais tarde, o singular grupo formado por Lord Byron (1788-1824), Percy Shelley (1792-1822), Mary Shelley (1797-1851) e John William Polidori (1795-1821).

Em sua ode, Milton recuperou a imagem de Pã ao falar dos pastores que estavam no campo, cuidando de seus rebanhos na noite da natividade de Cristo. A remissão do autor é irônica, comunicando a superação do paganismo natural pela ascensão de um cristianismo espiritual, assim como outros poetas fariam depois, com objetivos diversos. Sintomático, o exemplo de Milton deixa claro como o cristianismo lia o imaginário antigo, sobretudo aquele associado a Pã.

Entretanto, o que foi escamoteado pela igreja cristã como simbologia demoníaca sobreviveu no imaginário estético e poético do Ocidente, sendo aos poucos recuperado por um sem-número de poetas, alguns até anteriores ao próprio mito. Esse ressurgimento de Pã como espírito vivificante, com chave mais positiva do que depreciativa, aparece pela primeira vez na obra de um poeta que, não coincidentemente, dedicaria toda a sua vida ao teatro e cujas obras, assim como os trágicos e cômicos gregos, sobreviriam aos séculos.

Em *Sonho de uma Noite de Verão* (1596), uma comédia sobre desencontros amorosos, conflitos feéricos e diabruras teatrais ambientada numa floresta mágica habitada por sátiros, fadas e elfos, William Shakespeare (1564-1616) dedicou especial destaque a Puck, um personagem que reúne muito do imaginário de Pã e seus companheiros. Nessa comédia, Shakespeare retirou a figura mitológica de seu comum lugar medieval — uma tradição com qual tinha particular familiaridade — e a recriou como um espírito livre e fluido, não apenas travesso, mas também como símbolo de um princípio natural jubiloso, alegre e festivo. Em *Sonho de Uma Noite de Verão*, é Puck que não apenas (des)organiza o enredo do drama como ainda, literalmente, dirige boa parte dos personagens.

Duas décadas mais tarde, em *Pan's Anniversary* (O Aniversário de Pã, 1620) — também intitulada *The Shepherd's Holiday* (O Feriado do Pastor) —, uma mascarada escrita por Ben Jonson (1572-1637) e produzida pelo arquiteto jacobino Inigo Jones (1573-1652), Pã seria novamente invocado, agora numa obra que inicialmente homagearia o rei James I. Tratava-se de uma forma de espetáculo híbrido que apresentava — na melhor tradição das mascaradas italianas — dança, poesia, encenação, figurinos e design de cenário. Ambientada na Arcádia, o enredo opunha à música e o espírito pacífico de três ninfas e um pastor ao espírito militar dos guerreiros de Tebas.

Nessas duas peças, Shakespeare e Jonson revisitaram o mito de Pã e sua caracterização antiga para ofertarem obras nas quais a narrativa era desvestida de suas sombrias tonalidades medievais e um novo ideal artístico era criado. Neste, a natureza transmutava-se em aspiração energética e multifacetada para a alegria e o desejo humano e ainda em referencial estético através do qual futuros poetas, dramaturgos, músicos e pensadores poderiam retirar inspirações variadas. Depois de passar séculos entre as labaredas do inferno, parecia que Pã — para o seu e o nosso prazer — havia voltado à festa.

III. Romantismo & Decadentismo: Pã e sua Dança de Vida e de Morte

Pensa nisso! Devemos enrolar nossa essência,
Em vida sensorial, o Fauno caprino sem carências,
O Centauro ou os Duendes de olhos lascivos
Que só param sua dança para afrontar o destino
Sob os prados da manhã. Esses devem estar por perto
Assim como eu e você dos mistérios, por certo.
"Panthea"
Oscar Wilde

Nos séculos XVIII e XIX, a figura e o mito do velho deus dos bosques vivenciaria um renovado interesse, sobretudo por parte de poetas e artistas que viam nele uma alegoria da energia e da dimensão cíclica e mística da natureza. Em 1786, por exemplo, Richard Payne Knight (1751-1824) discutiu Pã no seu *Discurso sobre a Adoração a Priapo*, encontrando no deus um símbolo de renovação natural através da sexualidade e do erotismo, num texto que seria fundamental ao romantismo posterior.

A partir de então, românticos ingleses como William Blake, John Keats, Lord Byron e Percy Shelley mencionaram o deus caprídeo em suas obras e exaltaram sua energia vivificante e natural. O primeiro deles, ainda na década de 1780, debatia-se como pintor e gravurista amargando a rejeição dos classicistas de sua época. Desse período de formação, resultou a ilustração "Pan Teaching a Boy to Play on the Pipes" (1785), que apontaria para Pã como originador da música pastoral que Blake tanto cantaria em seu primeiro livro iluminado, *Canções de Inocência* (1789).

Anos depois, em *O Matrimônio de Céu & Inferno* (1790-1792), um de seus demônios poetas cantaria que "A luxúria do bode é recompensa de Deus", um provérbio que poderia perfeitamente acompanhar sua gravura. Embora essas aparições sejam esparsas, Blake é um dos poetas que mais comunicou uma sacralidade natural muito próxima do imaginário de Pã, suas ninfas e bosques.

Duas décadas mais tarde, John Keats (1795-1821), no seu "Endymion" (1818), um dos mais célebres poemas da tradição romântica inglesa, reviveria o mito grego apresentando-o a uma audiência moderna. O poema narrativo, dividido em quatro livros e escrito em pentâmetro iâmbico, reinventa poeticamente o amor do jovem pastor do título pela deusa lunar Selene. Keats abre seu texto com uma cena pastoral que homenageia Pã como símbolo de imaginação e transcendência imaginativa.

Contemporâneo de Keats, Lord Byron dedicaria a Pã os primeiros versos do seu longo poema "Aristomenes" (1823), aludindo à morte dos deuses antigos desde o silêncio do "Grande Pã" e refletindo sobre o quanto de heroísmo e beleza do passado morreram com ele. Já Percy Shelley produziu dois grandes hinos em 1820, em resposta a um texto de sua esposa Mary Shelley. Um deles constitua uma homenagem a Apolo, o deus das artes e da música; já o outro, a Pã. Nos poemas, que seriam publicados apenas em 1824, depois de sua morte, o poeta opõe os imaginários que articulam os dois deuses.

No primeiro hino, Apolo canta sua ascensão das profundezas da terra ao topo dos céus e depois sua descida à escuridão da terra e o encontro com seus habitantes. Nesta ode ao deus, Shelley exalta sua força e princípio ordenador, numa completa litania ao potencial idealizador da imaginação. Em direção oposta, em seu "Hino a Pã", o eu lírico adota a forma plural e elogia o deus dos bosques como princípio energizador do mundo, enaltecendo suas danças e guerras que permeiam amor, desejo e renascimento.

Na segunda metade do século XIX, essa oposição entre um princípio natural e ctônico, cambiante e mutável, em contraste com um princípio ordenador e idealizado, harmônico e estético, retornaria na Alemanha nas ideias de Arthur Schopenhauer (1788-1860) voltados aos conceitos de "vontade" e "representação", que por sua vez seriam retomados e reinventados por Anselm Feuerbach (1829-1880) em sua pintura "O Banquete" e posteriormente por Friedrich Nietzsche (1844-1900) no seu *O Nascimento da Tragédia* como Princípio Apolíneo e Princípio Dionisíaco, ambos produzidos entre 1870 e 1873.

Antes disso, porém, a imagem mais tradicional de Pã enquanto figuração de um paganismo moribundo substituído por um cristianismo vigoroso marcaria a poesia de Elizabeth Barrett Browning (1806-1861). Publicado em 1844, em uma antologia, o poema "The Dead Pan" apresentava uma posição interessante no volume. Por vontade expressa da autora, ele aparece como o último texto da antologia, constituindo um poema longo, de 29 estrofes, que inicia listando diversas divindades gregas cujas existências findas são exemplificadas pela repetição poética da constatação "Pã Está Morto". Contudo, no final do poema, essa ambientação clássica é subitamente alterada para a imagem de um Cristo divinizado, tanto por sua morte quanto por sua ressurreição.

Curiosamente, a contraposição também muito comum de Cristo a Dionísio torna esse poema exemplo — mesmo que negativo — da sobrevivência do mito clássico, ainda que modificado de forma considerável no contexto cristão. Todavia, uma interpretação mais livre e irônica do poema de Browning deixa espaço para lê-lo como reflexão pujante sobre a existência, permanência ou onipresença do mito enquanto símbolo de fertilidade, vida e ressurreição — uma ressurreição natural no caso da tradição grega e espiritual no da tradição cristã.

Nas décadas finais do século XIX, Pã se tornaria uma figura fundamental para outra série de autores, que veriam nele um símbolo ainda poderoso e necessário a uma modernidade que apresentaria outras demandas e complexidades. Assim como corrobora a escritora Patricia Merivale em *Pan the Goat-God*, onde descreve o papel do deus na compreensão das energias sombrias que perpassariam o fim do século e o início do subsequente, e a renovação do interesse por parte de poetas, artistas e escritores. No advento de crescentes modernidades e cidades cada vez maiores e distantes de um ideal natural, que validade Pã teria como caracterização válida, mesmo que *apenas* no território da arte?

Oscar Wilde (1854-1900) seria um dos primeiros a responder a essa pergunta com dois poemas produzidos em seus anos de juventude em Oxford, antes de sua popularidade como autor teatral em Londres, de seu romance sombrio *O Retrato de Dorian Gray* (1890) e do caso amoroso com Alfred Douglas, um envolvimento que o levaria aos tribunais e, pôr fim, à cela de uma prisão sob acusação de sodomia. Em 1881, Wilde comporia "Panthea", uma evangelho poético no qual a força mítica do antigo deus Pã seria revisada para o mundo moderno e além.

Mas seria em "Pan – Double Villanelle" ("Pã – Canção Pastoral") que sua visão do deus antigo ganharia força dramática e social. No poema, Wilde cria um eu lírico que reflete sobre as condições insalubres do mundo moderno enquanto invoca Pã a retornar ao presente e trazer as glórias, alegrias e festejos dos velhos tempos imemoriais. Ao dizer que o "mundo moderno anseia por Pã", Wilde parece antever um século em que a destruição do meio ambiente e os problemas sociais, religiosos e políticos demonstrariam o fracasso de uma modernidade que relegou os mitos da antiguidade à nota de rodapé ou a um demonismo desprezível.

Quinze anos depois, Arthur Machen iria produzir o romance *O Grande Deus Pã* (1894), volume que o presente leitor ou leitora segura em suas mãos. Machen criaria com ele uma história que atualiza o mito de Pã para um contexto de horror moderno. Opondo ciência, psicanálise, ansiedades urbanas e crítica social, trata-se de um texto no qual o mistério da antiguidade é ressignificado. Nem "Deus Pagão Feliz e Musical" nem "Forma Demoníaca associada ao Diabo", e nem tampouco "Princípio Natural de Força e Energia Poética". Expandido todos esses campos, Machen apresentaria Pã como um compósito de forças enigmáticas e energias libidinais inquietantes e obscuras, intrínsecas a cada um de nós. Com Machen e sua obra, Pã estaria mais do que preparado para adentrar o século XX e produzir novos sonhos, quando não renovados pesadelos.

IV. Modernidades & Monstruosidades: A Música de Pã volta ao Jardim

*Elas eram as flautas da alegria pagã,
E num mundo de novas ideias cristãs
Diante do sol se deitou o antigo Pã,
Brincando com uma pequenina flor,
Tocar? Atuar? O que pedir do cantor?*
"Pan With Us"
Robert Frost

Depois de tantas releituras no final do século XIX, Pã expandiria o escopo de suas novas aparições por todo o século subsequente, já dando indícios de que o mesmo aconteceria no seguinte. Invadindo as páginas de narrativas infantis, de livros fantásticos e de outras experimentações poéticas, o deus também faria sua aparição nas telas do cinema, demonstrando que, mesmo depois de séculos de literal e cultural demonização, sua energia ainda estava viva, levando a crianças, jovens e adultos a lembrança de um tempo perdido no qual cultura e natureza não estavam apartadas, um tempo no qual o crescimento e a chegada à vida adulta não eram um imperativo tão severo e definido.

E o primeiro a justamente retomar esse aspecto do mito, foi um dramaturgo inglês chamado James Matthew Barrie (1860-1937). Em 1904, Barrie escreveria a peça de teatro *Peter Pan* (*Peter Pan – Or the Boy Who Wouldn't Grow Up*), que em 1911 seria relançado como o livro infantil *Peter e Wendy*, dando origem a uma série de aventuras do personagem título e outras crianças pela fabulosa Terra do Nunca. Nela, J. M. Barrie reinventou o espírito de Pã na figura de um menino que não crescia e que habitava um território mágico e idílico, uma perdida Era de Ouro na qual a natureza não havia ainda sido conspurcada pela ambição humana e sua civilização.

O livro também sugeria uma era anterior à educação formal, algo que sempre foi visto por poetas e artistas, sobretudo da tradição inglesa, como um processo mais traumático e corrompedor do que instrutivo e saudável. As próprias *Canções de Inocência* de Blake, bem como toda a tradição de poesia pastoral europeia, apontavam nessa direção: um mundo no qual o mal, o pecado e a severidade da vida adulta não haviam adentrado, onde havia dias eternos, sol acolhedor e natureza harmônica, além de música, festejos e jogos intermináveis. Por outro lado, Peter Pan é também um personagem travesso e egoísta, o que faz o conto no qual está inserido ser ainda uma perspicaz sugestão ao necessário trabalho de percepção e aprendizado da maturidade.

Depois de Barrie, Pã seria também reinventado em "The Man Who Went Too Far" (1904), conto de horror de E.F. Benson (1867-1940), publicado na antologia *The Room in the Tower, and Other Stories;* em *The Garden God* (1905), romance escandaloso de Forrest Reid (1845-1947) que sugeria o amor de um homem adulto por um infante do sexo masculino; em "The Piper At the Gates of Dawn", uma das fábulas da celebrada obra infantil *O Vento nos Salgueiros* (1908), de Kenneth Grahame (1859-1932); no volume lírico *Pan Worship and Other Poems* (1908), de Eleanor Farjeon (1881-1965); em *The Devil and the Crusader* (1909), romance de horror do casal Alice Askew (1874-1917) e Claude Askew (1865-1917); em *The Triumph of Pan* (1910), antologia poética de Victor B. Neuburg (1883-1940) e no mesmo ano em *Pan's Pipes*, ensaio curto reeditado de Robert Louis Stevenson (1850-1894) no qual o autor escocês promove uma reflexão sobre a onipresença de Pã no mundo moderno.

Em 1911, o escritor e crítico E. M. Forster (1879-1970), publicou "The Story of a Panic", uma história curta em que um narrador idoso e tendencioso relembra um episódio da infância de um jovem menino chamado Eustace. Numa viagem à Itália, o jovem testemunhou um episódio de epifania natural que afugentou os adultos. Enquanto esses ficaram literalmente em pânico, temendo pelo bem-estar mental de Eustace, este vivenciou uma visão da potência da natureza, uma experiência que o levaria depois ao caminho da arte. O conto é interessante pela força narrativa e, sobretudo, pela contraposição entre a energia natural e o literal pânico adulto dele resultante.

Nos anos seguintes, dois poemas mereceriam destaque por atualizarem o mito de Pã. Primeiro, "Pan With Us" (1912), de Robert Frost

(1874-1963), publicado no volume *A Boy's Will*. Nele, o poeta opõe o mundo natural encerrado no mito de Pã ao mundo moderno e seus valores atualizados, nos quais a tradição do vigor e do festejo foi substituída por outros júbilos menos intensos e transcendentais. O poema articula um renovado pedido para o retorno de Pã, embora ele nunca tenha deixado nossos territórios de sonho e prazer. Por outro lado, apresenta um toque nitidamente irônico ao findar com um retorno do deus, este um tanto combalido e cansado, desconhecendo o que seria digno de canto e festa na atualidade.

Em 1919, Aleister Crowley (1875-1947) publicaria no volume III do seu periódico místico *The Equinox* o poema "Hino a Pã", composto em Moscou em 1913, no qual o deus antigo é invocado para renovar as energias do mundo. O poema seria anos depois celebrado por Fernando Pessoa (1888-1935) — correspondente de Crowley por anos — com uma tradução que aproxima o poderoso imaginário invocado pelo místico inglês da habilidade rítmica e sonora do poeta português. A tradução de Pessoa data de 1931 e foi publicada no periódico *Presença 33*, além do texto original figurar numa série de republicações do próprio Crowley no decorrer de sua vida.

Outras obras em prosa dedicadas a Pã seriam publicadas nos anos seguintes, como "The Touch of Pan" (1917), conto de autoria do escritor de histórias de fantasmas Algernon Blackwood (1869-1951). Nele, a presença de Pã no mundo moderno acontece inicialmente através da caracterização de um lunático, expandindo assim o sentido do mito original. Além do texto de Blackwood, Pã ressurgiria em *Pan and the Twins* (1922), romance de Eden Phillpotts (1862-1960), em *The Oldest God* (1926), romance satírico de Stephen McKenna (1888-1967) e em "How Pan Came to Little Ingleton" (1926), de Margery Lawrence (1889-1969). Neste último, o conto une imaginário cristão e pagão ao demonstrar o quanto uma antiga igreja acabou se tornando um refúgio para ancestrais deuses esquecidos.

Em 1927, o escritor, enxadrista, militar e estadista Edward John Plunkett Dunsany (1878-1957) — conhecido apenas como Lord Dunsany — publicou *The Blessing of Pan*, um romance que exemplifica perfeitamente a riqueza narrativa e o júbilo estilístico presente em outras de suas obras, sobretudo a mais conhecida delas, *A Filha do Rei de Elfland* (1924). No caso de Pã, contudo, Dunsany estava menos dedicado a um mundo fantástico e feérico e mais à revisão do mito clássico na ambientação rural inglesa. A trama se desenrola no condado de Wolding, vilarejo afastado dos grandes centros urbanos, quando uma flauta começa a ser ouvida levando a população e, em especial, o padre anglicano Elderick Anwrel e o jovem pastor Tommy Duffin, a perderem consciência de seu tempo, crenças e costumes. Ao invés delas, todos vão pouco a pouco voltando a um paganismo natural e jubiloso, repleto de prazer.

Numa crítica à crescente industrialização e mecanização da sociedade e seus habitantes, frequente na arte inglesa desde a Revolução Industrial quase dois séculos antes, Dunsany criaria uma de suas obras mais marcantes. Um mestre na ambientação, é particularmente comovente vermos como o autor promove em sua Wolding a valorização das campinas verdejantes inglesas e um retorno, mesmo que imaginativo, a costumes imemoriais, numa modificação das percepções de todos os moradores que os faz reviver uma nova harmonia com a natureza e entre si.

Nos anos seguintes, o poeta, ensaísta e romancista francês Jean Giono (1895-1970) levou o mito de Pã até sua arte, sobretudo na coletânea *Accompagné de la flûte*, no romance *Naissance de L'Odyssée* e em um ensaio nunca publicado dedicado ao tema, todas obras publicadas nos primeiros anos dos anos 1920. Esse interesse culminaria na trilogia de romances constituída por *Colline* (1929), *Un de Baumugnes* (1929) e *Regain* (1930). O que conecta as três obras é o fato de os enredos serem ambientados em vilarejos da região de Provença e dramatizarem a vida campesina diante de desastres naturais e eventualidades econômicas. Neles, a natureza é apresentada como força motriz criativa, não raro aludindo a Pã e a outras divindades gregas associadas a ela, como Ceres e Dionísio. Após a publicação dos três romances, Giono publicaria um ensaio estético introdutório ao conjunto e um conto prelúdio. Ainda na década de 1930, o segundo e o terceiro livro — reintitulados *Angèle* e *Harvest* — ganhariam as telas do cinema sob direção de Marcel Pagnol (1895-1974).

Em 1933, a escritora inglesa de mistério e suspense Agatha Christie (1890-1976) publicaria o conto "The Call of Wings", inicialmente integrado à coletânea inglesa *The Hound of Death* e a norte-americana *The Golden Ball*. O conto apresenta um instigante antagonismo entre riqueza material e paisagem mental, entre condição física baseada num materialismo um tanto tacanho e potência espiritual baseada na imaginação. Na trama, após um jantar com um clérigo e um médico especialista em nervos, o milionário Silas Hamer sofre um distúrbio a partir do som de um flautista de apenas uma perna, uma das reencarnações de Pã. A partir desse colapso, Hamer vivencia então uma experiência catártica e musical que o faz questionar sua satisfação e segurança anterior, ambas baseadas numa falsa noção de tranquilidade financeira e bem-estar corporal.

Exemplificando uma leitura mística do mito de Pã está a obra de Dion Fortune (1890-1946). Integrando as obras ficcionais da pesquisadora e mística — também compostas de *Moon Magic* (1956) e *The Sea Priestess* (1938) — o romance *The Goat-Foot God* (1936) tem por protagonista o viúvo Hugh Patson que, após descobrir a traição de sua esposa recém-falecida, vive uma crise existencial que o leva a travar contato com um livreiro esotérico em busca de antigos mistérios, magia ritual e objetos místicos. Envolvida no ritual de invocação do "Deus dos Pés de Bode" do título está a artista Mona Wilton, a grande heroína do livro. Tendo de lidar com ansiedades sexuais — através das quais Fortune discute tanto esoterismo, quanto psicanálise —, buscas espirituais e possessões corpóreas, além de outros eventos que podem assombrar e encantar muitos leitores, é através dela que acompanhamos a trama. Por outro lado, comentários étnicos que registram o período de produção da obra a tornam datada, para não dizermos incômoda para leitores modernos.

Também esotérico e grande pesquisador de tradições antigas, William Butler Yeats (1865-1939) foi um dos mestres da Ordem da Aurora Dourada e um dos responsáveis tanto pela sobrevivência da poesia de William Blake quanto por sua primeira leitura — um tanto equivocada — como artista místico. Em 1939, Yeats publicou "News For The Delphic

Oracle", um poema que integrou sua última coletânea: *Last Poems*. Nele, o poeta fechou um ciclo importante, ao compor uma ode selvagem, irônica e poderosa sobre as energias ctônicas encerradas no mito de Pã. Com alusões a Peleu e Tétis, os pais do primeiro herói homérico da *Ilíada*, o autor irlandês recuperou em seus versos um imaginário natural que borbulhava de desejo e amor, fazendo com que a dança de Pã fosse retomada e reinventada no próprio ciclo cósmico e cármico das coisas, tanto no movimento das estrelas quanto no abraço dos amantes.

Na segunda metade do século XX, Pã apareceria em maior ou menor medida, às vezes como personagem protagonista, às vezes como mera remissão metafórica, em obras como "The Magic Barrel" (1958), conto de Bernard Malamud (1914-1986) publicado na antologia homônima, e *Jitterbug Perfume* (1985), romance cult de Tom Robbins, além dos romances fantásticos *Greenmantle* (1988), de Charles de Lint, e *Cloven Hooves* (1991), de Megan Lindholm. Para sua completa assimilação na cultura contemporânea, o antigo deus que tanto devia sua existência e permanência ao teatro e a diferentes dramaturgos vivenciaria um novo tipo de espetáculo em um novo tipo de templo.

V. O Sátiro vai ao Cinema: Pã Nas Telas Contemporâneas

Eu tive tantos nomes.
Nomes antigos que só o vento
e as árvores podem pronunciar.
Eu sou a montanha, a floresta e a terra.
Eu sou... um fauno!
O Labirinto do Fauno
Guillermo del Toro

Chegando ao século XX e na criação da arte do cinema, Pã seria retomado numa série de produções. Agora, visão e música, movimento e ação, alegria e medo, se encontrariam projetados nos palcos de casas especiais de exibição, num ritual mais popular e democrático que levaria o imaginário de Pã a outros lugares e públicos. Para um deus acostumado a ser celebrado ao ar livre, entre árvores e matagais, a chegada ao cinema certamente se mostrava auspiciosa. Uma das primeiras produções cinematográficas a apresentar Pã foi *Le Déjeuner sur L'Herbe* (*O Almoço sobre a Relva*), dirigida por Jean Renoir (1894-1979), embora ali não passasse de uma rápida menção, tanto de seu nome como de sua flauta.

Em 1964, isso mudaria, com o lançamento da versão fílmica de *As Sete Faces do Dr. Lao* (*7 Faces of Dr. Lao*), por sua vez inspirada no romance que é considerado o primeiro exemplar de fantasia sombria do século XX, *O Circo do Dr. Lao* (1935), de autoria de Charles G. Finney (1905-1984). A trama ambientada durante a grande depressão norte-americana mostrava a chegada do circo do título — composto de artistas singulares, fascinantes e monstruosos — e seus efeitos sobre os pacatos moradores de Abalone, no Arizona. No filme, Pã foi interpretado por Tony Randall (1920-2004), entre outros personagens vividos pelo mesmo ator, e constituía uma das atrações do circo. Seria ele quem viria a seduzir a bibliotecária Angela Benedict, interpretada por Barbara Eden.

Já em 1985, Ridley Scott dirigiu *A Lenda* (*Legend*), uma fantasia que apresenta Tim Curry no papel do Senhor das Trevas, um monstro chifrudo e assustador que acaba exemplificando, mesmo que num cenário de fantasia, boa parte do imaginário demoníaco associado ao deus mítico das florestas. Na trama, o perigo de uma noite eterna promovida pelo soberano demoníaco ao destruir o último unicórnio é impedido por Jack — o herói com características élficas vivido por Tom Cruise — e a princesa Lily — interpretada por Mia Sara — com a ajuda de fadas, elementais e outros seres mágicos.

Guillermo del Toro, em 2006, lançou o clássico moderno *O Labirinto do Fauno* (*El Laberinto del Fauno*). Nele, Pã se transmutaria num monstruoso deus das profundezas que guia a pequena protagonista vivida por Ivana Baquero através de um cenário que contrapõe os horrores noturnos e oníricos ao pesadelo da realidade da Espanha durante a Segunda Guerra Mundial. No ano seguinte, em 2007, Jean-Jacques Annaud dirigiria *Sá Majesté Minor*, uma comédia mítica que se passa num período anterior a Homero, no qual um homem criado e educado por porcos se vê sob a tutela de um lascivo Pã interpretado por Vincent Cassel.

Nas últimas duas décadas, uma série de obras literárias — sobretudo de viés fantástico e voltadas ao público juvenil — recuperaram parcialmente o imaginário associado a Pã. Em 2003, Donna Jo Napoli publicou *The Great God Pan*, revisitando a guerra de Troia a partir da perspectiva do deus numa fábula fascinante na qual revemos as tramas do amor e da guerra cantadas por Homero a partir de uma nova abordagem. Também voltado ao público mais jovem, os romances da série *Percy Jackson*, de autoria de Rick Riordan, reapresentaram os mitos antigos a uma nova audiência, através dos olhos do sátiro Grover Underwood. Também com essa mesma chave de renovação e aventura, Rob Thurman criaria a sua série *Cal Leandros*, no qual Robin Goodfellow, uma reinterpretação tanto de Pã quanto do Puck presente em *Sonho de uma Noite de Verão,* ganha as vestes de um enganador vendedor de carros usados.

Diante dessa incapacidade de morrer, Pã continua dançando e brincando, desafiando nossas mentes racionais a ponderarmos sobre uma natureza que mesmo machucada, devastada, poluída e – falsamente

– conquistada, persiste vitoriosa ante nossas pequeninas vidas mortais. Assim, a pergunta que fica é o que deixaremos às gerações futuras? De um lado, podemos continuar nosso ataque ao solo e ao meio ambiente, enviando aos nossos filhos e netos uma terra destruída e alquebrada que por fim agonizará em nuvens de fumaça e fuligem. Ou então, deixaremos a eles o respeito por Gaia e por seu filho mais festivo, Pã, entidades que há séculos tem nos incentivando à vida e ao prazer, nos conduzindo à alegria e ao respeito pelo desconhecido.

BIBLIOGRAFIA MITOLÓGICA

BRANDÃO, Junito S. *Dicionário Mítico-Etimológico*. Petrópolis: Vozes, 2008.

BRANDÃO, Junito S. *Mitologia Grega*. Petrópolis: Vozes, 2013.

BROWN, Edwin L. *"The Divine Name 'Pan'"* IN: Transactions of the American Philological Association 107: 1977, p. 57–61.

BULFINCH, Thomas. *O Livro de Ouro da Mitologia*. São Paulo: Martin Claret, 2006.

COLLITZ, Hermann. "*Wodan, Hermes und Pushan*" IN: Festskrift tillägnad Hugo Pipping på hans sextioårsdag 1924, p. 574–587.

DALY, Kathleen N. *Greek and Roman Mythology A to Z*. New York: Chelsea House Publishers, 2004.

DIXON-KENNEDY, Mike. *Encyclopedia of Greco-Roman Mythology*. California: 1998.

GRAVES, Robert. *The Greek Myths*. London: Penguim, 1955.

HESÍODO. *Os Trabalhos e os Dias*. São Paulo: Iluminuras, 2000.

HESÍODO. Teogonia: *a Origem dos Deuses*. Trad. TORRANO, J. A. A. São Paulo: Iluminuras, 2001.

KERÉNYI, Karl. *Os Deuses Gregos*. São Paulo: Odysseus, 2002.

KNIGHT, Richard Payne. *A Discourse on the Worship of Priapus: A History of Phallic Worship*. Fredonia Books, 2000.

MOSSÉ, Claude. *Dicionário da Civilização Grega*. Rio de Janeiro: Jorge Zahar Ed., 2004.

NIETZSCHE, Friedrich. *O Nascimento da Tragédia*. Trad. GUINSBURG, J. São Paulo: Companhia das Letras, 2007.

OVÍDIO. *Metamorfoses*. Trad. FARMHOUSE. P. Lisboa: Cotovia, 2007.

SPALDING, Tassilo. O. *Deuses e Heróis da Antiguidade Clássica*. São Paulo: Cultrix,1974.

STANFORD, Peter. *O Diabo - Uma Biografia*. Rio de Janeiro: Gryphus, 2003.

TUBMAN, Nicole. *"Farewell Pan: The Rise of Satan in Christian Imagery."* In: University of Southern California, 2021, digital.

VERNANT, Jean-Pierre. *O Universo, os Deuses, os Homens*. São Paulo: Companhia das Letras, 2000.

VINCI, Leo. *Pan: Great God of Nature*. Londres: Neptune Press, 1993.

WRIGHT, Dudley. *Os Ritos e Mistérios de Elêusis*. São Paulo: Madras, 2004.

UMA ICONOGRAFIA DE
Dança & Desejo
por Enéias Tavares

Hermes, Sátiro e Corça

O mito grego apresenta Pã como filho de Hermes, deus da comunicação, da magia e das estradas, ora sendo aludido como um deus comerciante, ora como um deus traiçoeiro. Todos esses elementos aproximam Pã e seus sátiros de signos naturais e terrestres, imersos no verde dos bosques cortado pela sinuosidade das estradas e de outros dons que seriam artísticos, sensoriais e comunicacionais. Essa ambivalência entre o natural e o social seria aprofundada e alterada séculos mais tarde pela oposição entre Apolo e Dionísio, aquele associado à arte poética e à lógica e este à música e à natureza.

Um dos primeiros registros da relação entre Hermes e Pã é esta ânfora do quinto século ateniense, associada a um pintor desconhecido nomeado pelo helenista John Beazley de "Pintor de Berlim", pelo fato da peça estar hoje conservada na capital alemã. De um lado da obra cerâmica, temos a tríade aqui anunciada e, do outro, a figura de um sátiro tocando sua lira. Assim, se de um lado a figura de um músico associado a Dionísio e ao ritual trágico enfatizam uma execução sonora, de outro, temos a remissão ao mundo natural ilustrado pela corça e ao mundo divino pela presença de Hermes. Assim, natureza, sacralidade e sociedade se fundem no imaginário grego. Corpo, alma e sonhos ou música, magia e comunicação, todos unificados numa das primeiras remissões visuais a Pã.

V A.C. — *Pintor de Berlim, pintura cerâmica, 30 cm*
Staatliche Museen, Berlim, Alemanha

Pã Persegue um Pastor

A arte cerâmica grega do quinto século, ao lado da tragédia e da comédia produzidas no mesmo período, formam um arcabouço narrativo multifacetado no qual texto e imagem vão se opondo, se referenciando e se alterando. Essa ânfora explicita uma dimensão erótica e corpórea da visão de Pã entre os gregos antigos. Após a justaposição do deus com Hermes na peça anterior, aqui a dimensão artística, divina e até natural da divindade, é substituída por uma caracterização sexual e erótica.

Na obra, um pastor vestido e protegido por uma pele animal foge da criatura híbrida que tem patas e fronte caprina, além de um falo direcionado ao pastor, que foge em pânico. O que o pintor parece sugerir na peça, ao unir divindade natural, pânico corporal e ataque sexual, é a dimensão erótica das histórias associadas a Pã. O pintor faz isso ao desenhar no fundo da cena uma estátua do deus Príapo. Do outro lado da ânfora, reforçando o tema do homem versus natureza, ou então do homem caçado e vitimado por forças naturais, temos a deusa Ártemis abatendo com flechas o mortal Actéon, que teria ameaçado sua honra virginal. A peça assim opõe violência física masculina e feminina, ambas servindo de metáfora para devoradoras — e erotizadas — forças naturais pânicas.

470 A.C. *Pintor de Pan, pintura cerâmica, 30 cm*
Museum of Fine Arts, Boston, Estados Unidos

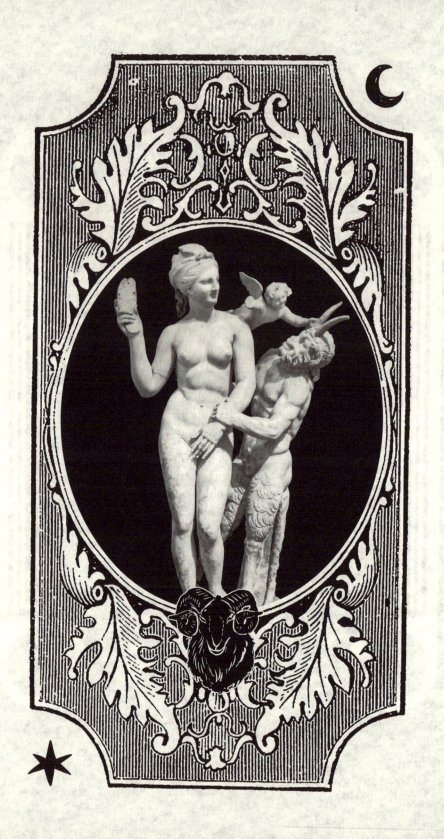

Pã, Afrodite e Eros

A relação entre Pã e erotismo — o que nos leva a Afrodite e Eros — continuou dando o tom da figuração do deus, reforçando uma leitura de sua natureza lasciva, selvagem e incontrolável. A peça grega do período romano apresenta a deusa do amor sendo assediada por Pã, agora representado em sua forma mais comum: com rosto bestial e chifres, torso masculino e pernas de bode. A deusa protege seu sexo enquanto a criatura prende seu braço com força, gesto amenizado pela expressão risonha do agressor e pela face sorridente da deusa. Na mão direita, Afrodite ameaça a criatura com sua sandália. Em sua defesa, acima de Pã, um alado Eros segura seus chifres.

Trata-se de uma das mais belas obras do estatuário antigo, revelando um jogo cênico de manipulação, sedução e triangulação no qual fica difícil compreender quem está seduzindo, enganando e atiçando quem. Prenunciando em um século as triangulações amorosas de Ovídio e sua lírica, a peça dramatiza um erotismo inusitado e ambíguo, revestido de força, ataque, bom humor e excitação, esses representados nas posições das mãos, das pernas e nos rostos dos três envolvidos. Trata-se aqui de uma dança erótica feita de recuos e avanços, esquivas e investidas, ditos e não ditos.

100 A.C. *Artista de Delos, escultura em mármore, 129 cm*
National Archaeological Museum, Atenas, Grécia

Pã e as Ninfas Produzindo Música

Neste afresco do século I, encontrado nas ruínas de Pompeia, o elemento erótico, tão comumente associado a Pã e tão presente em outras obras do mesmo período, é substituído por uma cena de comedida educação musical. No mural, Pã — reconhecido apenas pelos chifres — é convertido em um efebo tutor que ensina a jovens damas romanas a execução de sua música. O bode figurado na cena dá ao todo uma ideia de presença natural, mesmo em um cenário doméstico e urbano, elemento também sugerido pela nudez, desinteressada, do deus. A pele vermelha de Pã pode aludir a Virgílio, que também legou ao deus sua barbicha. Na arte, libido, desejo e violência sexual são substituídos por relações de aprendizado e aparente cordialidade e respeito.

Talvez esse curioso afresco — sobretudo quando contrastado com o libidinal vaso grego de séculos antes — possa ser mais resultado de uma idealizada visão de educação feminina do que de uma perspectiva apurada sobre o significado do deus caprino. Contudo, há na pele vermelha e nos chifres do mestre tutor uma sugestão sutil, porém importante, do que música, corpo e arte poderiam significar no âmago de suas discretas estudantes.

Séc. I *Anônimo, afresco*
Naples National Archaeological Museum, Nápoles, Itália

Demônios e Pecadores

Eusébio de Cesareia, entre III e IV d.C., associou a morte de Pã ao nascimento de Cristo, aludindo ao que seria a passagem da antiga religião pagã a uma nova religião universal. Coube a ele também a associação entre o aspecto monstruoso e vingativo da divindade grega com os elementos mais assustadores, lúbricos e terríveis do demônio cristão. Santo Agostinho de Hipona, também no quarto século, reforçou esse vínculo, aproximando Pã e os sátiros de íncubos e súcubos.

Na gravura medieval ao lado, dois demônios em forma animalesca — o da esquerda tem garras de águia e o da direita, patas de bode — torturam um casal condenado às chamas do inferno. Os chifres e as asas de morcego reforçam o imaginário bestial dos demônios. Por quase um milênio, Pã desceu às profundezas, equacionando animalidade, sexualidade e malignidade. Como Eusébio narrou, de fato parecia que Pã, o deus dos bosques, estava morto. Mas como a própria natureza que lhe dá forma e força motriz, ele renasceria séculos depois, na arte e no imaginário do Renascimento.

SÉC. IX *Anônimo, gravura, França. Manuscrito Douce 332, Dodleian Library, Oxford.*

ROBIN
GOOD-FELLOW,
HIS MAD PRANKES AND MERRY IESTS.

Full of honest Mirth, and is a fit Medicine for Melancholy.

Printed at London by *Thomas Cotes*, and are to be sold by *Francis Grove*, at his shop on Snow-hill, neere the Sarazens-head. 1639.

Faunos e Fadas

Com o passar dos tempos, o que foi escamoteado pela igreja cristã como simbologia demoníaca, sobreviveu no imaginário estético e poético do Ocidente, sendo pouco a pouco recuperado por diversos poetas. Esse ressurgimento de Pã como espírito vivificante, com chave mais positiva do que depreciativa, apareceria na poesia inglesa na figura de Robin Goodfellow, um espírito de fadas do folclore britânico, em peças como *Sonho de uma Noite de Verão* (1596), de William Shakespeare (1564-1616), e *Pan's Anniversary* (*O Aniversário de Pã*, 1620) — também intitulada *The Shepherd's Holiday* (*O Feriado do Pastor*) — uma mascarada escrita por Ben Jonson (1572-1637).

No frontispício "Robin Bom Camarada, seus Truques e Alegres Festejos", Robin, ou Puck, é mostrado como antigas versões de Pã, com pernas de bode e chifres, além do sugestivo falo. Mesmo sendo visto com maus olhos por polemistas protestantes, aqui, Pã é o senhor de um ritual circular no qual música, dança, festejo e comunhão unem homens e animais. Em poesia e pintura, Pã mais uma vez retorna, dando ao Renascimento europeu um de seus principais motes.

1639 *Thomas Cotes (Impressor), gravura*
Londres, Inglaterra

Dois Sátiros

Nesse retrato, Rubens nos brinda com uma imagem dupla na qual temos em segundo plano um homem tomando um cálice de vinho. Sua pele é macilenta, adoecida e velha, como se tivesse há muito deixado o viço e o vigor da juventude e estivesse prestes a adentrar o reino de Hades. Porém, em primeiro plano, temos um sátiro — disfarçado de Baco ou vice-versa, como costuma acontecer em arte simbólica-alegórica — cujo olhar tanto festivo quanto lascivo, igualmente risonho e ameaçador, fita o espectador. Os cabelos e a barba contrastam com os chifres reais ou imaginários, como se nos desafiassem a responder se estamos diante de uma figura humana ou divina. Mais abaixo, entre os dedos insinuantes da divindade bem-humorada, um cacho de uva é espremido, numa antevisão da própria existência humana sendo comprimida entre o prazer e o tempo, entre o corpo e a morte.

O tema de Pã dominaria o imaginário de Rubens, a ponto de fazê-lo dedicar a ele muitas de suas telas. Não raro, seus faunos são figuras mais velhas e experientes, embora estejam entregues à perseguição de vítimas jovens e assustadas, numa sugestão dos passos ardorosos e inevitáveis do tempo e da natureza.

1608 — Peter Paul Rubens, óleo sobre tela, 76 x 66 cm
Alte Pinakothek, Munique, Alemanha

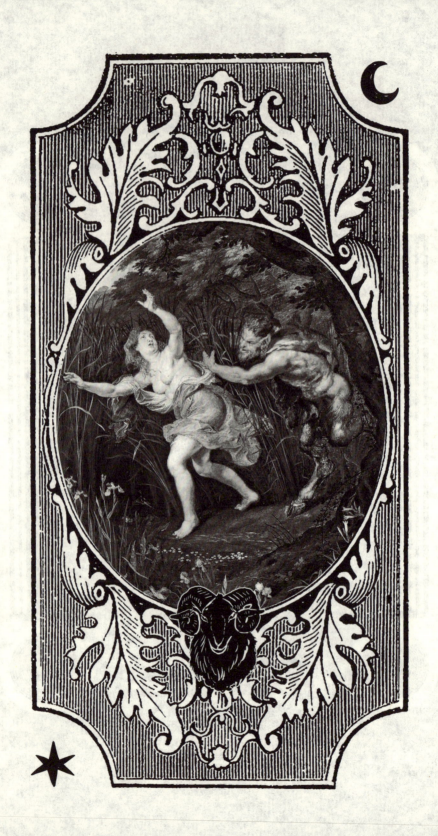

Pã e Syrinx

A origem da música de Pã é contada pelo mito que trata do violento romance que ele tivera com a ninfa Syrinx, uma devota da deusa virgem Ártemis. Segundo *As Metamorfoses* de Ovídio, a ninfa fugiu das investidas de Pã, pedindo aos deuses que a transmutasse em algum elemento natural que não pudesse ser possuído pela divindade caprina. Quando a alcançou, Pã se viu abraçando um feixe de juncos. Não se dando por vencido, ele tirou sete hastes do feixe e transformou-as em uma flauta, com a qual produziria sua música, em canções que seduziriam outras jovens.

Nessa tela, Peter Paul Rubens (1577-1640), um artista que nos daria outras versões de Pã, e Jan Brueghel o Jovem (1601-1678), produzem uma vibrante visão do mito. A imagem foi composta em formato horizontal e dramatiza um movimento da direita à esquerda — uma quebra na tradicional movimentação da esquerda à direita enquanto símbolo do desenvolvimento humano — da ninfa fugindo de Pã. A dupla avança então a um cenário úmido, aquoso e exuberante. Assustando e afugentando a ninfa e os pássaros em direção às águas e ao céu, um Pã com pernas de bode e olhar e gestos lascivos persegue sua presa. É o elemento natural fazendo retroceder a cultura aos liquefeitos territórios do desejo e da morte.

Ver também: *Pã e Syrinx* (1723),
de Nöel-Nicolas Coypel

1619 Jan Brueghel, o Jovem, e Peter Paul Rubens,
óleo sobre tela, 58 x 95 cm
Staatliche Museen, Berlim, Alemanha

O Triunfo de Pã

Embora tivesse vivido em meio aos contrastes de tons e sobretons do barroco do século XVII, Nicolas Poussin (1594-1665) se firmou na arte como um dos principais nomes do classicismo francês. Inspirado pela clareza e pela valorização da forma que encontrou na arte renascentista, sobretudo na de Rafael, Poussin pinta em suas telas multidões de corpos que executam ações dramáticas, sejam em opulentos festejos monárquicos sejam em campos de batalha campal. Ou então, ambos, como ilustra *O Triunfo de Pã*.

Na tela, uma estátua do deus dos bosques é orbitada por um violento festejo no qual figuras femininas e masculinas fundem-se a infantes, pequenos Eros de servidão e lascívia, numa série de ações de dança, música, violência e prazer. Aqui, homens e mulheres invertem papéis, enquanto, em plano intermediário, um bode serve de animal de montaria e outro, menor e mais ao fundo, debate-se ante o inevitável sacrifício. Música, vinho, sexo, morte e riso se interpõem num ambiente de entardecer, para o divertimento da estátua de Pã, que apropriadamente sorri. Embaixo da tela, em primeiro plano, objetos de urbanidade e cultura — ânforas, pratos, tecidos, máscaras e flauta —, quedam, assim como tudo despenca, no mundo dos homens ou das florestas, ante a glória triunfal de Pã.

Ver também: *Bacanal Diante da Estátua de Pã* (1632-1633), de Nicolas Poussin

1636 Nicolas Poussin, óleo sobre tela, 134 x 145 cm
National Gallery, Londres, Reino Unido

Apolo Vitorioso sobre Pã

A pintura do belga Jacob Jordaens (1593-1678), um dos nomes mais importantes da arte barroca junto ao de Peter Paul Rubens e Anthony van Dyck, resulta numa releitura irônica do mito. Conta a lenda que após abençoar e amaldiçoar o rei Midas com o toque de ouro, Pã tornou-se o deus mais adorado pelo monarca. Ao desafiar Apolo para uma disputa sobre quem produzia a melhor música, Pã tinha esperança de que sua flauta superasse a lira do oponente. Para arbitrar o julgamento, foi chamado o deus Tmolo. Todos concordaram que Apolo era o vencedor, exceto Midas, que fez jus ao amor que sentia por Pã. Como punição, Apolo deu ao mortal orelhas de burro. A pintura de Jordaens mostra o quarteto em diferentes ações: enquanto Apolo é coroado por Tmolo, Pã — numa inusitada forma humana — segue produzindo sua música ao lado de um Midas que reclama de seu destino.

A tela, como muitas do período, prenuncia a dicotomia apolínea e dionisíaca ao contrapor uma pequena, e limitada, porção de céu azul a um fundo natural terroso e verdejante muito mais proeminente, numa sugestão da soberania do corpo e da natureza sobre os reinos etéreos da mente e da espiritualidade. Embora o título da tela indique a vitória de Apolo, é Pã — como deus mais próximo da humanidade — quem obtém a graça definitiva, afinal é sua música que seria celebrada pelo tempo afora, do passado ao presente, apesar das reclamações.

1637 *Jacob Jordaens, óleo sobre tela, 180 x 270 cm*
Museo del Prado, Madrid, Espanha

Sabá das Bruxas

Em *Sabá das Bruxas*, pintando por Francisco de Goya entre 1797 e 1798, há uma das mais icônicas reinvenções da figura de Pã. Neste caso, enquanto símbolo distorcido de paganismo, satanismo e bruxaria. Na pintura, o sabá é presidido pelo Grande Bode, ao redor do qual figuram bruxas de várias idades e constituições. Essas tanto celebram e adoram o demônio quanto lhe ofertam um rico cardápio de infantes. No céu noturno claro e escuro, vemos a lua e morcegos, numa figuração comum às gravuras do autor e à sua interpretação, irônica e satírica, das crenças sobre bruxaria perpetradas pela inquisição espanhola.

    A tela registra um sonho de imaginação, sendo menos realista e literal e mais uma versão pictórica que dá forma às crenças populares que aproximam a figura de Pã a do Diabo e a de seus adoradores a bruxas e feiticeiros. Os infantes mortos-vivos da imagem evidenciam o caráter irreal da peça, que culmina na postura igualmente ativa e passiva do animal líder. Este, coroado de louros, comunica em seu olhar pouco do aspecto maligno a ele associado. Aqui, Goya ilustra o modo como a figura de Pã, como símbolo de uma totalidade natural, foi transmutada em elemento demoníaco pela cultura cristã, uma cultura que povoou seus medos e pesadelos de demônios caprinos, bruxas horripilantes e sacrifícios infantis.

1798   *Francisco de Goya, óleo sobre tela, 43 x 30 cm*
Museo Lázaro Galdiano, Madrid

Baphomet

Embora a figura de Baphomet tenha ganhado relevo moderno a partir da obra do místico francês Éliphas Lévi, a criatura que une o imaginário demoníaco à forma de Pã tem sua origem ainda no medievo, quando foi associada aos Cavaleiros Templários pelo rei Felipe IV de França e pelo Papa Clemente V, ambos interessados em desmoralizar a referida ordem. Curiosamente, no seu *Dogma e Ritual de Alta Magia* (1856), Lévi articula uma imagem positiva de Baphomet, definindo-o como símbolo polivalente e panteísta. O místico o representa em imagem e o elucida em seu texto explicando-o como reunião de signos de magia, espiritualidade e natureza. O facho de luz acima dele, por exemplo, representaria a dimensão divina da criatura, enquanto a face e o corpo caprino aludiriam à dimensão material desse aspecto divino. Os elementos humanos, como torso masculino, seios femininos e mãos em gestuais iniciáticos, apontariam à realização mágica por meio da ação ritual e corpórea.

Para Lévi, Baphomet representa a ilustração do princípio alquímico, associado a Hermes Trismegisto, segundo o qual aquilo que está acima encontraria correspondente ao que está abaixo. Possivelmente, a gravura de Lévi tenha decaído nessa simbologia negativa, comumente associada a práticas satanistas e ocultistas, em razão de seu uso pelo mago Aleister Crowley e por sua posterior associação ao arcano do Diabo, no tarot Rider-Waite. Assim, em meados do século XIX e início do XX, Pã parecia novamente decair a um imaginário depreciativo e malvisto. Mas não entre artistas e poetas.

1856 — *Éliphas Lévi, gravura, 10 x 20 cm*
In: Dogma e Ritual de Alta Magia, Paris, França

Pã Assobiando a um Pássaro Preto

Em meio a modernidades intelectuais e assombros mecânicos advindos da revolução industrial e da idade das luzes, o simbolista suíço Arnold Böcklin (1827-1901) produziu obras ambíguas e fantásticas, convidando seus observadores a visitar reinos noturnos que seus contemporâneos julgavam perdidos nas brumas do passado. Böcklin, assim como Rubens, era fascinado pelo tema de Pã, tendo-lhe dedicado dezenas de esboços e telas no transcurso de sua vida. Na mais famosa, *Pã Assobiando a um Pássaro Preto*, o pintor mescla realismo e simbolismo. O corpo da divindade confunde-se com a relva, seus pelos entrecruzam-se às hastes de pequeninas flores e o tom terroso de sua pele, com o cenário amarronzado ao fundo. Perto de Pã, que encanta e se encanta com o pequeno pássaro e sua arte musical, temos manuscritos — nos quais o fauno compôs suas últimas odes? — e uma flauta que serve de peso aos seus papéis.

A tela afronta os feitos dos homens no mundo e suas artes e ofícios, celebrando o encanto de um mundo natural repleto de ardor, no qual a beleza é atemporal e eterna, onde o prazer é constante e a música das esferas e dos pássaros é celebrada dia após dia. Nesse mundo, Pã pode deitar-se à vontade, sentindo-se em casa enquanto os espectadores lamentam a Arcadia perdida de sua corporeidade domesticada e pacificada.

Outras obras de Böcklin: *Pã e Dríades* (1897) • *Syrinx fugindo de Pã* • *Noite de Primavera* (1879)

1863 Arnold Böcklin, óleo sobre tela, 48 x 36 cm – Niedersächsisches Landesmuseum, Hanover, Alemanha

Pã e Vênus

Reconhecido por seu estilo hiper-realista, detalhado e vibrante, Lesrel (1839-1929) é um representante da pintura burguesa do século XIX. Contudo, hoje talvez represente uma estética um pouco defasada para nossos gostos contemporâneos, mais acostumados a um realismo imperfeito de execução a um idealismo plástico na forma. Na arte em questão, uma paisagem em tons terrosos e marmóreos opõe um decadente ideal grego ao fundo, exemplificado pelas colunatas semidestruídas e por uma natureza não cultivada que invade o abandonado espaço-social humano. Nesse contexto, vemos um Pã cordial e domesticado, numa elaboração nada dissonante aos salões parisienses nos quais Lesrel exibia sua arte.

Na imagem, a criatura dos bosques apega-se a um tronco florido para furtivamente se aproximar da deusa adormecida, esta deitada sobre uma pele de onça. A pele pálida e petrificada da Vênus ganha destaque neste carregado cenário natural, sobretudo pela presença masculino-bestial de Pã. Aqui, é a natureza idealizada, associada a uma deusa de alcova, que contraria a materialidade verdejante de Pã. Num mundo dominado pelas convenções sociais, Leslel parece supor que até Pã fora domesticado. Entretanto, real ou ideal, Vênus persiste soberana, e tal como Eros, segue a dominar os instintos e os desejos dos mais domesticados faunos, sendo eles civilizados parisienses de ontem, de hoje ou de sempre.

1865 *Adolphe Alexandre Lesrel, óleo sobre tela, 176 x 161 cm, Coleção Particular*

Pã e Psique

As dores do amor perdido e os prazeres do consolo físico são aqui dramatizados por Edward Burne-Jones (1833-1898), um dos nomes mais representativos da escola pré-rafaelita. Segundo Lucius Apuleio, a mortal Psique passou a vagar por uma terra desolada após perder o amor de seu amante Eros, este sentindo-se traído pela curiosidade da jovem em contemplar sua face. Diante do perigo de morte, ela foi consolada por Pã, que mostrou a ela que amor destruído pode transmutar-se em amor revivido e reencontrado.

A paisagem onírica de Burne-Jones, que ele levaria a outras de suas pinturas, mescla uma relva vívida, pontuada de flores de azul esperança, a constructos pétreos e afiados. O pintor dedica atenção às mãos da jovem e do fauno, que juntas se apoiam e tocam a dureza da rocha, enquanto Psique mergulha o braço esquerdo no matagal enigmático da terra, sendo tanto acariciada quanto consolada por um compassivo Pã. Quanto aos pés da mortal e as patas do deus, eles estão fundidos ao elemento natural: pés que somem na relva, patas que se confundem na pedra. Aqui, a carne consola o pensamento e a natureza, mesmo rígida, acolhe as *lágrimas* do desejo frustrado. Por fim, alocar Psique ao nível da terra e Pã a uma posição alta e fálica, para não dizermos celestial e superior, também sugere uma progressão sentimental necessária, que os mestres pré-rafaelitas intuíam e conheciam, embora raramente a dramatizassem em sua arte hiper idealizada e, por vezes, assexuada.

1874 — *Edward Burne-Jones, óleo sobre tela, 65 x 53 cm, Fogg Museum (Harvard Art Museums), Cambridge, Estados Unidos*

Júpiter e Sêmele

Júpiter e Sêmele é uma pintura enciclopédica que desafia seus espectadores pela infinidade de personagens, simbologias e adereços. Nela, o pintor Gustave Moreau (1826-1898), um dos nomes mais significativos da arte francesa do século XIX, sobretudo por aglutinar em suas criações cristianismo e paganismo, dispõe um Júpiter entronado que segura a princesa tebana Sêmele, esta abatida e entregue ao seu abraço poderoso. Abaixo deles, uma multidão de figuras alegóricas remete às artes e ao mundo natural, como atestam as representações femininas enigmáticas que formam imagens de dor, inspiração e morte, isso numa tela cuja base opõe duas esfinges literais, símbolos do destino passado e futuro da existência humana.

No centro inferior da pintura está o rebento da união de Júpiter e Sêmele, Dionísio, representado por Moreau como Pã. Em uma postura relaxada, é em seu corpo que se fundem — e se confundem — diminutas figuras humanas, vegetais e animais, numa alusão ao cosmos terrestre primitivo e frutificante. Da perspectiva do pintor, Pã é também o amor terreno, a divindade com pés de cabra, a fusão do mundo celeste com o submundo terrestre, onde reinam morte, dor e noite, mas de onde também florescem seres viventes e aguerridos. Assim como a *Transfiguração* de Rafael Sanzio, a tela funciona como alegoria pictórica da jornada da alma que parte das dionisíacas e ínferas materialidades ctônicas em direção às apolíneas regiões do espírito.

1894   *Gustave Moreau,*
óleo sobre tela, 213 x 118 cm
Musee Gustave Moreau, Paris, França

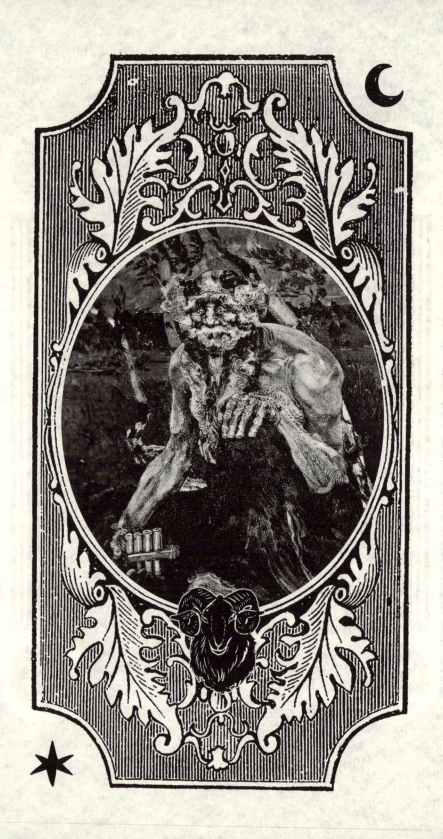

Pã

Pã, tela do pintor simbolista russo Mikhail Vrubel (1856-1910), usa tons terrosos para aludir a uma divindade que está profundamente conectada à terra, à natureza e aos ciclos cósmicos — vide a lua descendente que se esconde no horizonte distante. O deus está ajoelhado, em sinal de cansaço, com suas vestes, ou pernas, revestidas de pelos se mesclando ao solo abaixo dele.

No braço direito alquebrado, esgotado ante a chegada da modernidade tecnológica e belicista do século XX, está uma flauta, signo visual de sua arte perdida, combalida. No rosto, uma face que parece mais uma máscara grotesca, um olhar que fita o espectador, no melhor estilo de Vrubel, um pintor que buscou na distante renascença italiana e na pintura sacra bizantina muito do seu estilo. Neste caso, o deus decadente parece lembrar a cada um de nós que todos pertencemos ao cosmos, ao solo ctônico de onde saímos e para o qual retornaremos. Neste contexto, deuses e mortais parecem, ironicamente, mais parecidos entre si do que seres dissonantes.

1899 — *Mikhail Vrubel, óleo sobre tela, 124 x 106 cm*
Galeria Tretyakov, Moscou, Rússia

Dissonância

Franz von Stuck (1863-1928) está para Munique e Carl Jung assim como Gustav Klimt (1862-1918) está para Viena e Sigmund Freud. As duas cidades e os dois pensadores foram perfeitamente ilustrados pelos dois pintores, ficando a Klimt a tarefa de dar vazão onírica a uma cidade de esfinges sociais, musas burguesas e damas de sonho e pesadelo. Por sua vez, Stuck buscou em temas mitológicos e históricos — algo já considerado defasado em seus dias e talvez aí esteja a explicação de sua menor importância na arte do século XX em contraste com a criação mais cosmopolita de Klimt — as energias fulcrais que articulam os ímpetos humanos, sejam eles em direção ao amor e à idealização ou à violência e ao erotismo.

Em sua alegoria de Pã, o fundo azul sugere uma tela que se oferta à vista mais para ser pensada do que sentida, elemento intensificado pelo sofrido deus que tapa os ouvidos ao escutar os primeiros, e pelo visto, frustrados, intentos musicais de um pequenino fauno humano. Talvez, e aí cheguemos no título da obra, o pintor visse como dissonantes as tentativas de se transformar em racionalização humana os fluxos naturais do corpo e do desejo. Afinal, a música dos bosques soa mal aos ouvidos treinados — e adulterados — dos salões. "E vice-versa", completa o Pã de Stuck, atormentado por um infante humano que parece dar o seu melhor. Mesmo assim, a natureza reclama... e geme.

1910   *Franz von Stuck, óleo sobre tela, 76 x 70 cm*
Villa Stuck, Munique, Alemanha

Pã está Morto (Natureza Morta)

Pã está Morto, de George W. Lambert (1873-1930), é uma pintura de natureza-morta que a princípio mostra um arranjo de flores brancas, sobreposto a luvas e uma travessa também clara, sobre um fundo escuro. Atentando à sua perspectiva, porém, a pintura revela que o arranjo é na verdade um busto mostrando em destaque as mechas revoltas do cabelo de Pã — que se mesclam com as rosas em primeiro plano — e a seu rosto, nas sombras.

A pintura é irônica, podendo tanto ser lida como uma literal natureza-morta que indica a finitude do deus antigo, quanto como sua permanência e onipresença na natureza, na arte e até nos "apolíneos" objetos domésticos. Mesmo nas sombras, Pã continua sorrindo, caçoando da espécie humana e a convidando a rever suas racionalistas e socializadas visões de mundo.

1911 *George W. Lambert, óleo sobre tela, 76 x 63 cm*
Art Gallery of New South Wales, Sydney, Austrália

As Sete Faces do Dr. Lao

Com *As Sete Faces do Dr. Lao* (*7 Faces of Dr. Lao*), Pã iria ao cinema para ganhar uma de suas versões fílmicas mais marcantes. O filme, dirigido por George Pal (1908-1980) e inspirado no romance *O Circo do Dr. Lao* (1935), de Charles G. Finney (1905-1985), resulta em uma aventura entremeada de tons sombrios, românticos e cômicos, embora não destituída de uma importante reflexão sobre os Estados Unidos e sua cultura à época. A trama ambientada na Grande Depressão mostra a chegada de um circo de artistas singulares e monstruosos e seus efeitos sobre os pacatos moradores de Abalone, no Arizona.

No filme, Pã é interpretado por Tony Randall, entre outros personagens vividos pelo mesmo ator, e constituía uma das principais atrações do circo. Ao tentar seduzir a bibliotecária Angela Benedict, interpretada por Barbara Eden, Pã aparece significativamente humanizado, constituindo menos uma força da natureza e mais uma criatura capaz de produzir música e risos, além de vivenciar amor e sofrimento.

1964 — *Dirigido por George Pal, filme, 100 min*
Estados Unidos

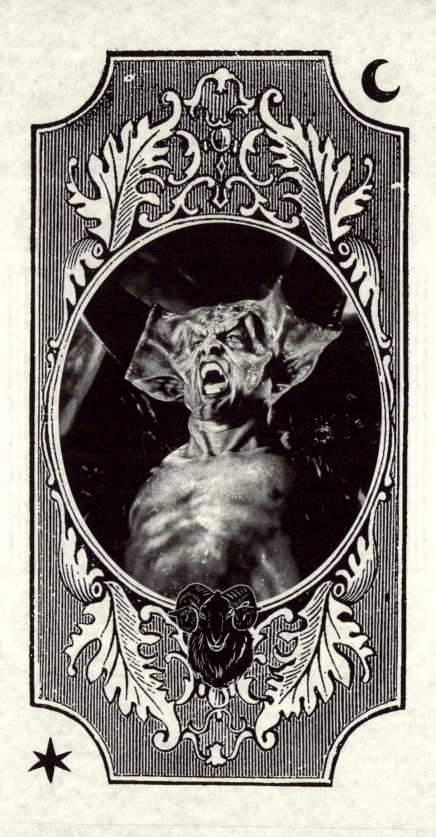

A Lenda

Em 1985, Ridley Scott dirigiu *A Lenda* (*Legend*), uma fantasia que apresenta Tim Curry no papel do vilão conhecido como o Senhor das Trevas, um monstro chifrudo, avermelhado e com patas de bode que acaba exemplificando, num cenário fantasioso, boa parte do imaginário demoníaco associado ao deus mítico das florestas.

Na trama, o perigo de uma noite eterna promovida pelo soberano trevoso, ao destruir o último unicórnio, é impedido por Jack e a princesa Lily com a ajuda de fadas, elementais e outros seres mágicos. Neste enredo, Pã praticamente inexiste, servindo apenas de trampolim para uma visão estereotipada do mal perpetrado pelo Senhor das Trevas, talvez no ápice do longo percurso de monstrificação do deus iniciado ainda na Idade Média e reforçado no século XIX pela leitura equivocada do Baphomet de Lévi. Curiosamente, são os seres da natureza que acabam por afrontar a figura vilanesca, numa tentativa de criar para a audiência juvenil um imaginário de forças naturais benignas em oposição ao monstro pânico.

1985 *Dirigido por Ridley Scott, filme, 94 min*
Roteiro de William Hjortsberg, Estados Unidos

O Labirinto do Fauno

Em 2006, Guillermo del Toro lançou o filme *O Labirinto do Fauno* (*El Laberinto del Fauno*), uma fantasia moderna que opõe imaginação infantil aos horrores da guerra e da maturidade. Nele, Pã é transmutado num assustador deus das profundezas que guiará a pequena protagonista, vivida por Ivana Baquero, por um cenário que contrapõe os horrores noturnos e oníricos ao pesadelo da realidade da Espanha durante a Segunda Guerra Mundial.

Diferente de outras versões, que apontam ou para um Pã demoníaco ou para uma criatura divertida e risonha, Del Toro produz um ser monstruoso e belo, poético e aterrorizante, um monstro ctônico advindo das profundezas da terra para mostrar à infante heroína o severo caminho de aprendizado da existência e os destrutivos interesses dos homens adultos. Se na obra de Scott, o vilão é equacionado a um Pã demoníaco, aqui ele se transmuta em uma potente energia primordial. Por sua importância e popularidade, *O Labirinto do Fauno* apresenta Pã a uma nova audiência numa reinvenção igualmente perigosa e terna, como são os caminhos da criatura dos bosques.

2006 *Dirigido por Guillermo del Toro, filme, 110 min • Espanha e México*

Nas profundezas do planeta em que vivemos, o elemento Terra jaz em sua dimensão ctônica, num emaranhado de solo e pedras, raízes e ossos, vermes e lava, com vida nascendo e vida morrendo, em um infindo processo cíclico. No mundo antigo, Gaia e Geia eram as deusas fundantes da natureza, num lembrete de que tudo o que nos rodeia é composto de um corpo material e materno que nos abraça e nos guia, que nos protege desde o nascimento e que nos condena ao fim. Pã e Dionísio, além de tantas outras divindades masculinas e femininas, configuravam lembretes similares. No Tarot, o elemento Terra é o naipe de Ouros, num alerta constante de tudo aquilo que fazemos com a matéria, seja ela monetária, natural ou corpórea. Em Astrologia, os signos de Terra – Touro, Virgem e Capricórnio – indicam relações profundas com o mundo e os seres, relações que têm a ver com corpo, ordem e deveres. Em tudo que *O Grande Deus Pã* comunica, destacamos em mais um ciclo de Sociedade Secreta a lembrança dos nossos corpos e do nosso planeta, numa interação que sangra em cada página de horror e aprendizado produzida por Machen, um autor que nunca ignorou nossa convivência com o mistério do desejo e com os enigmas da Terra. No distante bosque de Pã e na intimidade do nosso coração pulsante, a terra emana velhas canções de morte e nascimento. E nessas canções sabemos que Pã está vivo. Nessas canções, sabemos que nós estamos vivos.

DEDICATION

To the
Gods, Heroes, & Ideals
of the
ANCIENTS

This volume is affectionately
dedicated
by
a
GREAT ADMIRER

H. LOVECRAFT.

FAVNVS, or ΠΑΝ

PAN. HABEBAT.
CORNVA. BARBA
ET. ERAT.
SIMILIS. CAPRO
IN. CORPORIS.
PARTIBVS.
INFERIORIBVS.

PAN. DEVS. RVSTICVS.

PÃ
por **H.P. Lovecraft**

Sentado na mata de um vale brumoso,
E cercado de juncos de água e ardor,
Me vi perdido em um pensar choroso,
Até mergulhar em sonho e torpor.

Então do riacho surgiu o estranho,
Era meio homem e meio cabrito.
Tinha casco em vez de pé humano,
E longa barbicha no rosto proscrito!

Do instrumento de juncos unidos,
Tocava o monstro híbrido com elã,
Nada nele indicava terrenos atritos,
E eu sabia que se tratava de Pã!
Com ninfas, faunos, todos reunidos,
A desfrutar e dançar o som revivido.

Mas num susto acordei bem sofrido
E voltei pro mundo dos mortais,
Mas digo: o mato eu teria querido,
Com Pã e seus cantos ancestrais!

Nota: Poema composto em 1902, quando o escritor de Providence tinha 12 anos de idade. Nunca publicado, o manuscrito acompanhava frontispício e desenho do próprio Lovecraft, dando sua própria visão ao Deus dos Bosques. Tradução de Enéias Tavares.

Arthur Machen nasceu em 1863 como Arthur Llewellyn Jones, em Caerleon, no País de Gales, cidade de grande importância arqueológica. Além de ator e jornalista, Machen é conhecido como autor de horror e fantasia. Em 1899, frequentou a Ordem Hermética da Golden Dawn, na esperança de rever a esposa recém-falecida por um câncer, história que inspirou a graphic novel *Ave de Rapina* (DarkSide Books, 2023), de Dave McKean. Em 1914, durante a Primeira Guerra Mundial, um de seus contos deu origem à lenda moderna dos Anjos de Mons. Publicado por engano na sessão de notícias do jornal *The Evening News*, o conto fantástico "Os Arqueiros", a respeito da batalha de Mons, foi lido pela sociedade inglesa como testemunho da existência de anjos. Após décadas de altos e baixos na carreira literária, Machen morreu em 1947, reconhecido como um dos mestres da prosa inglesa. Entre suas principais obras estão a novela *O Grande Deus Pã* (1894), o livro de contos *Os Três Impostores* (1895) e o romance autobiográfico *A Colina dos Sonhos* (1907).

ANDRIO J. R. DOS SANTOS é escritor, tradutor e pesquisador, especializado na literatura de língua inglesa dos séculos XIX e XX. Tem mestrado nos livros iluminados de William Blake e doutorado nas Crônicas Vampirescas de Anne Rice. Atualmente, dedica-se a pesquisar a ficção gótica queer e suas relações com ansiedades sociais a respeito de corpo, gênero e sexualidade. Publicou o romance *O Réquiem do Pássaro da Morte* (2017) e foi roteirista da graphic novel *Metalmancer* (2021), além de traduzir para a Casa da Caveira o quadrinho *Palavras, Magias e Serpentes* e o clássico *O Rei de Amarelo*.

ENÉIAS TAVARES é professor na UFSM e escritor. Publicou pela DarkSide Books os romances *Parthenon Místico* e *Lição de Anatomia*. Para a Caveira, organizou *O Retrato de Dorian Gray*, de Oscar Wilde, e *A Máquina do Tempo*, de H.G. Wells, além de traduzir *Carmilla*, de LeFanu, e *A Bíblia Clássica do Tarot*, de Rachel Pollack. Hoje, atua como diretor da Editora da UFSM e como consultor da coleção Sociedade Secreta para a DarkSide Books. Foi visto pela última vez perto de um riacho nas proximidades de Silveira Martins (RS), onde jura ter visto uma aparição de Pã. Mais de sua produção em eneiastavares.com.br.

*There flowers sprung
beneath the cloven hoofs*

*Quando aquele que o beijo infiel traíra no Horto,
Desfaleceu na cruz, das montanhas ao mar
Gemeu, com grande pranto e feio soluçar,
Uma voz que dizia: — "O Grande Pã é morto!"...*

— Manuel Bandeira, "A Morte de Pã" —

DARKSIDEBOOKS.COM